페르소나

Persona

페르소나

1판1쇄 발행 2021년 8월 25일
지은이   이지희
발행인   이선우
펴낸곳   **도서출판 선우미디어**
              등록 | 1997. 8. 7 제305-2014-000020
              02643 서울시 동대문구 장한로 12길 40, 101동 203호
              ☎ 2272-3351, 3352 팩스: 2272-5540
              sunwoome@hanmail.net
              Printed in Korea ⓒ 2021. 이지희

값 13,000원

※ 이 책은 <img_충청북도> 충청북도, <img_충북문화재단> 충북문화재단의 후원으로
   문화예술육성지원사업의 일환으로 지원받아 발간되었음.
※ 잘못된 책은 바꿔 드립니다.
※ 저자와 협의하여 인지는 생략합니다.

ISBN 978-89-5658-673-1 03810

페르소나
Persona

이지희 에세이

선우미디어

프롤로그

삶의 소소한 편린들을

책으로 엮었습니다.

처음이라 서툴고 부끄럽습니다.

그러나 팬데믹(pandemic) 연장으로 지친 분들께

저의 서툰 글이 조금이라도 위로가 되었으면

하는, 욕심을 부려봅니다.

책을 내는 데 도와주신 이선우 대표님께

이 자리를 빌려 감사드립니다.

2021년 여름

이지희

차례

첫째
마당

봄눈

날씨가 도깨비 장난치듯 한다. 겨울옷을 정리하면 눈이 오고 다시 꺼내 입으면 18도까지 올라간다. 정작 겨울에도 적설량이 많지 않던 눈발이 밤새 폭설을 퍼붓는가 하면, 갑자기 기온이 곤두박질 친다. 사람은 항온동물이다. 몸이 기온 차에 적응하느라 콧물도 찔끔 나고 잔기침으로 가슴이 아리다.

몇 달 전 일이다. 시어머니께서 사람도 늙으니 눈이 흐려져 세상이 온통 하얀 솜뭉치가 떠다니는 것 같다던 말씀이 문득 떠올랐다.

시어머니께서는 1956년 22세 늦은 나이에 시집을 오셨다. 그러나 어찌 된 일로 10여 년이 넘도록 태기가 없었다. 이를 안타까워하시던 시할머니는 며느리를 데리고 새벽마다 뒷산에 올라 산의 정기를 받아야 아이를 가질 수 있다며 산신과 하늘에 대고 비손을 했다. 그러나 태기는 들어서질 않았다. 대를 이을 아이를 못 낳으면 여자는 설자리가 없어진다. 이를 잘 아는 친정어머니는 대를 잇게 해 줄 시앗을 당신이 직접 물색하여 데리고 오기까지 했다.

시앗이 들어온 첫날 밤, 큰어머님은 마당 정자에 앉아 불 꺼진 방을 바라보다 끝내는 터질 것 같은 서러움에 방으로 뛰어 들어왔다고 하셨다. 그리곤 솜이불을 몇 겹이나 뒤집어쓰고 밤새 우셨다고 했다. 더구나 10년 동안 삼신께 빌었던 소원이, 시앗에게 곧바로 들어섰다. 아이를 애타게 기다렸던 아버님은 신기하면서도 좋았지만 내색

하면 큰어머니께서 상처 입으실까 봐 조심하셨다고 했다. 그럼에도 불구하고 죄 없는 그녀가 보기 싫어 말도 섞고 싶지 않았다고 했다. 이런 곡절을 큰어머님은 팔십이 넘어서야 마치 남의 얘기 하듯 덤덤한 표정으로 며느리인 내게 들려주었다.

종갓집 맏며느리 노릇도 쉽지 않은데 남편도 나눠 가져야 하는 숙명이야말로 여자에게는 말할 수 없는 아프고도 슬픈 일이다. 몇 번이나 도망이라도 칠까 고민하지만, 어차피 다른 곳으로 재가를 한다고 해도 남의 자식을 키워야 할 처지라면 남편의 핏줄을 키우는 게 낫다 싶어 주저앉은 63년이 덧없이 흘러갔다.

따지고 보면 나는 작은댁이 낳은 아들의 아내이다. 그러한데도 한스럽던 세월의 상처와 아픔을 내게 털어놓으시는 것이다.

큰어머니는 가끔 몸이 늙어 눈도 귀도 낡아지니 다른 사람 허물 안 보고 안 들어 좋다며 너스레를 떠신다. 또 남편이 죽고 나니 젊어 얄밉던 시앗도 자매처럼 의지하며 살 수 있어 고맙다고 하신다.

　늦은 점심을 먹고 설거지를 하고 있는데 전화벨이 울렸다. 큰어머니였다. 안과라며 '네가 좀 와 주었으면 고맙겠다.'라는 호출이었다. 옷을 주섬주섬 챙겨 입고 수술한 병원으로 달려갔다. 아무에게도 연락하지 않고 혼자 병원에 백내장 수술을 하러 가셨던 것이다. 다행히도 눈발이 날렸으나 이내 녹고 햇볕이 따뜻하게 등을 데우고 있었다. 큰어머니는 햇빛이 복도 반쯤 비쳐드는 안과 진료실 앞긴 의자에 한쪽 눈을 가리고 앉아 계셨다. 자신에게만 의지하며 육십여 년 세월을 사셨을 큰어머니 모습이 그날은 무척이나 왜소해 보였다. 가슴속에서 울컥 무엇인가가 치밀었다.

　내가 시집오고 나서부터 무슨 일이 생기면 먼저 전화를 걸어 의논하고, 옷을 사러 갈 때도 같이 가고 싶어 하며 의지하더니 바쁜 며느리 사정 살핀다고 정작 수술하는 날엔 연락도 없이 혼자 일을 감내하고 계셨다.

　"어머니 괜찮으세요?"

"그래 너 왔구나."

마취가 풀리는지 조금은 고통스러워하셨다. 병원에서 하루 정도 입원하려고 하니 그냥 가도 괜찮다고 고집을 부리셨다. 집으로 모시고 오는 내내 뒷좌석에 앉아 창밖을 바라보고 있는 모습을 백미러로 응시했다. 몇 해 전부터 귀도 잘 들리지 않아 이제는 차 안에서조차 대화를 나눌 수가 없었다.

20여 분, 시골집에 도착했다. 침대에 누우시는 큰어머니 손을 잡아 본다. 예뻤을 손이 두꺼비 등처럼 거칠고 컸다. 인체는 많이 쓰는 부위가 발달한다더니 그곳이 손이었다.

창밖에 봄눈이 내린다.

"따뜻했다가 갑자기 눈보라가 치고, 이내 다 녹아 버리는 변덕스러운 날씨가 꼭 내 삶을 닮았구나." 큰어머니가 쓸쓸한 어조로 말씀하셨다.

그러고 보니 큰어머니 성품하고도 많이 닮아 있었다. 미운 시앗을 두고 질투와 화해를 수없이 되풀이했던 것이며, 마음속 짐을 몇 번이나 싸고 풀었던 젊은 날들이 꽃샘 추위로 퍼붓는 봄눈과도 닮아 있지 않나 싶었다.

삶은 타고난 성격도 바꿀 수 있다는 것을 우리는 안다. 다음 생에 다시 태어나면 아이 많이 낳을 수 있는 여자로 태어나고 싶다던 큰어머니.

주무시는 모습을 보고서야 드실 죽을 끓여 놓고 TV를 틀었다. 메인으로 가득 메우던 me too기사가 나오고 있었다.

그린에세이 Vol.27. 2018. 5·6.

딸아이 방에 벽화가 있다

아침은 늘 부산하다.

먼 곳으로 출근하는 남편을 먼저 챙기고 나면 다음은 애들 차례다. 아침식사를 차려 주고 학교에서 내준 과제물 검사와 이런저런 것들을 챙겨 주면서 엘리베이터까지 배웅하고 나면 전신이 나른해진다. 그래도 학교 방향으로 난 거실 큰 창에 기대어 오누이가 손잡고 학교로 향하는 모습을 보니 저절로 미소가 번진다.

학교에 간 사이 아이들 방을 들여다본다. 이사 올 때 도배한 벽에는 딸 그림으로 가득 차 있다. 사 년의 역사가 고스란히 배어 있는 벽에는 꿈이 바뀔 때마다 그려 놓은 그림들이 있었다. 세 살 때부터 연필을 잡으면 방바닥이건 벽이건 마음 내키는 대로 선을 그어댔다. 그러곤 좋아라 손뼉을 쳤다. 색연필을 사다 주자 아이의 손놀림은 훨씬 대담해졌다. 제 손길이 지나가는 자리마다 이상한 모양이 색채를 띠고 나타나는 것이 제 딴에도 무척 신기해 한참을 놀이에 빠지곤 했다. 디자이너가 되고 싶은 날에는 멋진 드레스 입은 공주가 많았고, 과학자가 되고 싶은 날에는 주사기를 그려 넣었다. 한글을 뗀 후에는 사귀고 싶은 친구의 이름을 적어 놓았다. 아이의 상상력이 사람으로 진화되었고 이어 새와 꽃도 그림 속으로 들어와 어울렸다. 그래서 그 방에는 아이의 성장 과정이 벽화로 잘 표현되어 있으며 아이는 이런 것들을 자랑스러워한다.

영장류들은 본능적으로 표현의 욕구 중에서도 미적 욕구만은 타고 나는 모양이다. 오래전 일이다. 여행을 좋아하는 친구들과 울주군에 있는 반구대 암각화를 보러 간 일이 있었다.

　문자가 없었던 시절에도 사람들은 먹이로 사냥한 짐승들이나 물고기들을 동굴이나 암벽에 그려 기록으로 남기는 것을 좋아했나 보다. 우리나라는 지형상 동굴이 흔하지 않다. 그래서 선사시대 사람들은 바위에 그림을 새겼다. 아마도 주거지와 많이 떨어진 곳에 그려 놓은 것으로 보아 주술적인 의미가 더 크지 않았을까 학자들은 추측한다.

　암벽화 중 삼백 점이나 되는 고래의 여러 모습에 시선이 갔다. 특히 14등분을 한 그림. 힘들게 잡은 먹잇감은 마을 사람들이 겨울 동안 내내 먹을 수 있는 식량이 된다. 한 사람이라도 굶는 사람이 없기를 바라는 마음을 가진 부족장의 리더십이 돋보이는 그림이지 않을까 생각한다.

　고래는 포유동물이다. 인간보다 먼저 지구에 살았으며 인간처럼 허파로 숨을 쉬고 새끼를 배면 10개월이나 12개월 정도를 채워야 해산을 한다. 새끼들에게 젖을 물리는 것도 육지 포유동물과 같다. 인간들이 미역을 처음 먹게 된 것도 그들을 통해 배운 것이라고 한다.

언젠가 '어미 고래와 기장 미역'이라는 칼럼을 읽은 적이 있다.

세계에서 유일하게 산모가 미역국을 먹는 나라가 우리나라라는 연구 결과가 나왔다. 그럼 선조들은 어떻게 미역국을 먹게 된 것일까? 칼럼을 인용하자면

'먼 옛날 기장·울산 일대에 살던 어부들이 고기를 잡으러 갔다가 새끼를 데리고 있는 어미 고래가 바닷가 미역밭에 들어가 미역을 뜯고 있는 장면을 보고 자기 아내에게도 먹일 생각을 하게 되었다고 하네요.'

이야기가 일리가 있는 것이 동해안은 한류와 난류가 만나 황금어장을 이루는 곳이다. 그리고 기장은 동해안과 남해안의 물살이 꺾이는 곳이라 미역이 잘 자랄 수 있는 환경이다.

몇 해 전 부산에 사는 손아래 올케가 아이를 출산한 일

이 있었다. 우리는 부산에서 가까운 기장 시장에 미역을 사러 갔다. 시장 좌판에는 여러 종류의 미역뿐 아니라 보지 못한 생선과 사람들로 인산인해를 이루며 시끄러웠다. 그중에서도 맛있는 미역이 있다며 온 시장을 뒤져 미역을 고르던 둘째 언니 생각이 난다.

예로부터 고래잡이로 유명했던 울산 장생포는 기장과 가까운 거리에 있다. 오호츠크해에서 여름을 나고 가을에 동해안을 따라 내려와 울산 앞바다와 남해안에서 겨울을 보낸 후 이듬해 봄이면 다시 회유하는 귀신고래는 지금은 멸종되어 가는 종이지만 울산 앞바다에서는 흔한 고래였다. 그리고 새끼를 낳으면 6개월 동안 젖을 먹이는 어미 고래의 미역을 뜯는 모습은 사람들에게 이색적이지 않았을까 하는 생각을 해 본다.

딸아이 방 벽화를 바라보며 벽지를 어떻게 붙일까 고민 중이다.

그린에세이 Vol.30. 2018. 11·12.

차 닦는 남자

　스삭 스삭…. 남편이 차를 닦는다. 언제부터인가 그에
게 차 닦는 일은 하나의 일상이 되었다. 주말이면 농장에
서 찻잎을 따다가 정성스럽게 덖을 때면 온 집안 가득 차
향이 스민다. 나는 고소한 듯 매콤하게 번지는 차향이 좋
다.

　서른 살을 훌쩍 넘긴 우리는 부모님 성화에 못 견디어
선을 보았다. 선을 본 인상이 그리 나쁘지 않아 망설이는

동안 양가 부모님들은 결혼을 서둘렀다. 상대방 성품도 제대로 파악하지도 못한 상태에서 나이에 떠밀려 가정을 이루게 되었다. 남편과 나는 고작 팔 개월 차이로 태어난 동갑내기이다

동갑내기들끼리 결혼을 하면 경험으로 보아선 기 싸움이 잦았다. 서로 자존심 때문에 아무것도 아닌 것을 문제삼아 확대시켜 열을 올리다 냉전 상태가 며칠씩 가기도 했다. "급수는 딱지치기해서 얻은 것이 아니다." 일찍 결혼한 친구의 우정 어린 충고는 틀리지 않았다.

그러나 시간은 우리에게 서로를 이해하는 방법을 터득시켜 주었다. 고운 정 미운 정 들이는 사이에 아빠와 엄마가 되었다. 첫아이가 태어나면서 서로의 존재에게 고마운 마음이 들기 시작했다. 마음이란 이상한 것이 한번 밉다고 여기면 하는 짓거리마다 미워 보인다. 하지만 괜찮은 사람이라 여기면 그다음부터는 무사통과다. 아들을 낳고 뒤늦게 딸을 낳았다. 그러는 동안 우리는 사십 중반으로 들어섰다. 그러곤 지금은 누구보다도 서로 잘 알고 이

해하는 좋은 친구 같은 부부가 되었다.

차를 닦는 남편의 넓은 등을 바라본다. 한 남자가 가장이 되어 자리를 잡기까지 걸어온 노정은 만만치가 않다. 시어머님 위암 수술은 효심이 가득한 남편이 직장을 내놓으며 간병을 해야 하는 상황을 만들었다. 뒤늦게 직장을 다시 구해 보지만 쉽지 않았다. 직장이 마땅치 않아 사업을 시작했으나 수입보다 지출이 많았다. 빚을 지지 않으려면 문을 닫는 것이 피해를 줄이는 결과 앞에 그는 좌절했다.

그는 말수가 적어졌다. 밖에서 들어올 땐 늘 피곤한 기색이었고, 화를 낼 일도 아닌 일에 언성을 높였다. 점점 신경질적인 사람으로 변해 가고 있었다. 이런 사람을 지켜보는 나 역시 힘들기는 마찬가지였다.

우리는 시간이 필요했다. 나는 그이에게 대학원에 들어갈 것을 권유했다. 이 나이에 젊은 사람도 어려워하는 공부를 다시 시작할 수 있냐며 처음엔 펄쩍 뛰던 그가 간절한 나의 권유에 인문대학원 입학을 결정했다. 그러나 나이 사십에 무얼 시작한다는 것은 쉬운 일이 아니었다. 암기력이 떨어져 외우는 족족 머리에서 사라진다며 젊은 애들을 따라갈 수 없다고 머리를 설레설레 흔들었다.

그는 서재로 들어가면 나오질 않았다. 몸은 책상 앞에 앉아있으나 허수아비나 다름없었다. 마음이 갈피를 잡지 못해 떠돌고 있었다. 때론 세상과 등진 사람처럼 허탈해 보였고, 친구들 만나는 것도 기피하며 혼자 서재에서 우두커니 창밖을 바라보는 시간이 늘어갔다.

남편의 이런 모습은 나에게도 치명적이었다. 내가 공연히 대학원에 들어가게 했는가 싶어서였다. 어느 날, 물을 먹고 싶다고 주방으로 들어오자 나는 살갑게 말을 걸었다.

"공부하기 힘들지요?"

"……."

직장생활을 할 땐 퇴근해서 현관문만 열면 환하게 웃으며 직장에서 있었던 일들을 신바람 나게 들려주던 그가 한참 만에 입을 열었다.

"이 나이에 내가 뭐 하고 있나 싶어서……." 말꼬리를 흐리며 돌아서는 그의 뒷모습이 작아 보였다. 나는 그의 등에 대고

"그럼 시골 노는 땅에 블루베리라도 심을까? 요즘 그게 대세라는데."

"생각해 보고."

동굴에 갇혀 연약한 인내심을 누르고 또 누르는 가여운 한 남자를 생각하자 울컥 슬픔이 솟구쳤다.

나는 그릇을 정리하기 시작했다. 가슴이 답답할 땐 무엇이라도 손에 잡아야 할 것 같아 그릇을 꺼내어 정리하기 시작했다. 필요하지 않아 뒤에 처박힌 자질구레한 것들을 꺼내어 버리고 구석구석에 낀 기름때와 먼지를 닦아내는 동안 답답하고 불안하던 마음이 서서히 안정되었다.

일주일 후였다. 식탁에 앉은 남편이 무겁게 입을 열며 비어 있는 땅에 차나무와 베리나무를 심고 싶다고 말했다. 꽉 막혔던 벽이 허물어지고 빛이 환하게 들어오는 것 같았다. 그날로부터 인터넷 서핑을 통하여 여러 곳의 농

장을 돌아보기 시작했다. 블루베리는 2년 된 묘목을 심어야만 한해는 꽃을 따고 그다음 해부터 알찬 열매가 달려 딸 수 있다고 했다. 그는 몇 년 자란 나무를 심으면 좋을지, 수익은 얼마나 얻을 수 있을지에 대한 시장성까지 조사한 끝에 나무를 사들여 심기 시작했다.

그런데 세상 물정에 어두운 남편은 사람들이 잘 사 먹지 않는 베리나무를 심었다. 나무를 다 심어 놓고 스스로도 대견한 듯 자랑스러워하는 남편과는 달리 나는 내심 걱정스러웠다. 적어도 제대로 수확을 보려면 3~4년간은 투자만 해야 결실을 볼 수 있기 때문이었다.

나의 이런 우려완 달리 그는 주말이면 밭으로 나가 묘목에 거름을 주고 보살피는 일에 매달렸다. 마치 새장에서 탈출한 새처럼 맑은 공기와 부드러운 흙을 밟으면서 그의 생활은 탄력이 붙었다. 밤이면 책상으로 다가앉아 석사과정에 필요한 과목에도 매달렸다. 나는 비로소 마음이 놓였다.

이듬해 봄, 베리나무 가지마다 아주 작고 새하얀 꽃이

피었다. 꽃을 다 따기는 아까워서 드문드문 남겨두었더니 그곳에서 연둣빛의 작은 열매가 맺혔다.

태양이 이글거리는 팔월이 오자 남겨두었던 열매가 흑진줏빛으로 익어갔다. 우린 이른 새벽과 저물녘에 베리 열매를 땄지만, 첫 수확이라 양은 많지 않았다. 그래도 뿌듯함이 밀려왔다.

베리나무와 차나무를 가꾸면서 대학원 석사논문을 무사히 통과했다. 이어 전공과목을 살려 좋은 직장을 얻게 되자 그는 차 덖는 여유를 즐기는 남자가 되었다. 남편은 잘 덖은 차를 차통에 담는다. 곧 찻물을 끓여 잘 우러난 차 한 잔을 들고 내게로 다가올 것이다.

그린에세이 Vol.25. 2018. 1·2.

말초꽃

봄이 바람이 되어 왔다. 따스함과 차가움이 공존하는 바람은 온 세상을 연둣빛으로 물들이고 있었다. 산들이 살을 찌우고 대지를 깨우는 사월은 하늘을 가리는 연초록이 아름다운 하루를 나에게 선물한다.

이맘때쯤이면 늘 찾아오던 어머니의 불청객이 있었다. 나에게는 작은고모 어머니에게는 시누이 한 번 오시면 두

세 달 지나야 가시는 작은고모는 남동생인 아버지가 친정이었다.

아버지께서야 좋으시겠지만, 어머니의 고충은 이만저만한 것이 아니었다.

오시는 다음날부터 작은고모의 행보는 들녘이었다. 들에 나는 먹을 수 있는 것들은 바구니에 담겨져 왔고 신기한 것은 내가 알고 있는 풀들이 바구니에 가득 있었는데 그중에 유월이면 계란꽃을 피우는 망초대가 있었다. 그것들을 데쳐서 툇마루에 한가득 널어 두었다.

봄 햇살은 널어 두었던 나물을 잘 말려 주었다. 고모 손은 하루도 쉬는 날이 없었다.

우리나라는 사계절이 뚜렷한 날씨 덕분에 일년내내 변화되는 자연을 볼 수 있는 장점이 있다. 그렇지만 야채를 먹을 수는 없었다. 지금은 비닐하우스에서 겨울에도 야채나 과일을 재배하여 먹을 수 있지만 가난했던 시절에는 봄에 나물을 뜯어 두었다가 겨울에 묵나물로 비타민만 제외한 영양소를 섭취할 수 있었다.

이러한 생활에 익숙한 고모는 오늘도 나물을 뭉쳐서 겨울용 묵나물로 보관하고 있었다.

1932년생인 고모는 일제강점기를 유년 시절로 보내고 6.25를 겪은 분이시다. 나라를 초토화한 전쟁 속에 살아남기 위해 먹을 수 있는 것은 다 먹었다는 것이다.

슬픈 현실은 구석기인들이 독초와 약초를 구별해 먹었던 시대로 인간을 돌아가게 한 것이다.

망초, 개망초는 모두 북미 원산으로 19세기 개화기에 들어와 자생하는 신 귀화식물이다.

망초라는 이름은 처음에 '망죠' 또는 '망국 초'로 기록된 바 있다. 개망초는 앞서 기록된 망초란 이름에 '개'가 더해진 것이다. 그런데 망초란 한글명은 이 식물이 나타나면서 나라가 망했다는 데에서 붙여진 이름이라고 한다.

망초가 귀화해 온 시기는 대한제국이 망해가는 시기인 구한말이기도 하다. 그리고 세계열강들의 자원쟁탈이 극대화되었던 이 시기에는 지구의 생태계가 흔들리고 있는 시점이기도 하다.

전쟁은 사람을 죽이고 자연이 망쳐지는 그런 것이기도 하지만 과거에 경험해 보지 못한 식물 종들이 전파되는 식물문화의 세계화가 일어나기도 한다.

하나님이 인류를 탄생시켰지만, 혼혈은 인간이 만든 것이라는 말이 있다. 동물 중에 가장 고등동물인 인간이 저지를 수 있는 만행은 어디까지일 수 있을까를 한번 생각해 본다.

시골의 저녁은 모깃불로 시작한다. 마당에 모깃불을 지피고는 저녁을 먹은 가족이 툇마루에 모여 앉아 후식으로 감자를 먹으며 고모의 어린 시절 이야기를 듣는 것이 좋았다. 고모는 이웃에 사는 대여섯 살이 많은 언니와 같이 놀던 시절을 떠올리며 말씀하시는 것을 좋아하셨는데 나물을 뜯으러 산과 들로 다니면서 소박한 즐거움을 누리셨던 고모는 갑자기 사라진 언니를 그리워하며 눈시울을 붉

히시기도 하셨다. 이웃 언니가 사라진 그날에는 들에 개
망초꽃이 흐드러지게 피어서 망초꽃 안에 숨어 울었던 애
기를 해 주시던 더우면서도 쓸쓸하던 그 밤.

　다음날도 고모는 들로 나물을 채취하러 가셨다. 그리고
그날 저녁 밥상에는 망초대 무침이 올라왔다.

가막귀

집에서 한 시간이나 걸리는 초등학교는 충주에서 음성을 지나 증평에 있다. 방과후 수업이 끝나고 페달을 밟는 시간은 마음이 왜 이리도 분주한지 산 중턱에 걸린 햇빛이 사라지기 전에 어서 가야 한다고 발을 재촉한다.

눈발이 날리기 시작했다. 그날 길에는 오가는 차가 없는 것이 스산했다. 라디오 소리만이 세상에 혼자가 아니라고 말하고 있었다. 백마령터널이 저만치 보이고 하얗게 날리던 눈발은 어느새 도로를 점령하고 있었다.

　시골에 살다 보면 흔하게 볼 수 있는 새가 까마귀다. 그런데 살아오면서 이렇게 큰 검회색 까마귀 떼를 보는 건 처음이었다. 페달을 서서히 밟으며 속도를 늦춰본다. 보지 말아야 할 것을 훔쳐보듯이 숨죽이고 바라보고 있다. 빠른 속도로 오는 차를 미처 피하지 못한 날짐승의 변고가 까마귀 떼의 먹이가 되고 있었다. 눈 위의 핏자국은 더욱 선명하게 붉은색을 띠었고 살점을 뜯어먹는 검은 도포자락 사자들의 입가에 흐르는 피. 그리고 힐긋 마주친 눈은 공포심으로 몰아넣기에 충분했다. 나는 도로에 차를 세웠다. 아마도 차들이 뒤이어 왔더라면 비상 깜박이기를 켜지 않으면 안 되었을 것이다. 다시 잡은 핸들에 힘이 들어가면서 페달을 힘껏 밟았다. 한순간에 날아오르는 까마귀 떼가 나를 향해 오고 있는 것 같아 눈을 질근 감았다가 뜬다. 장엄하게 날아오르는 무리를 바라보며 까마귀가 큰 날개를 가진 새라는 것을 그때 알았다. 집으로 돌아오는 내내 생각이 머리를 떠나지 않았다.

결혼을 하고 보니 시아버지께서는 협심증을 앓고 계셨다. 내가 시집오기 전에는 그만하셨는데 아들이 결혼하고 나서부터는 병세가 심해져 수술까지 하게 되신다. 사람이라는 것이 다 그렇듯이 시아버지는 수술하고 나면 평상시처럼 일상생활을 할 수 있다고 생각하셨다. 그렇지만 세상은 시아버지 편이 아니었다. 투병 생활이 시작되었고 밤이고 새벽이고 시어머니는 수시로 전화를 하셨다. 그럴 때마다 야맹증이 있는 남편 대신 차를 끌고 서울 아산병원까지 달려야 했다. 시아버지의 투병 생활은 달콤해야 하는 신혼을 지치게 하고 있었다.

결혼 이 년 차, 늦은 결혼이어서 내심 기다리던 나에게도 아이가 생겼다. 너무나도 행복했고 기뻤다. 그리고 이제는 앰뷸런스가 시아버지를 병원으로 모시고 갔으며 병세는 조금씩 차도를 보이고 있었다. 그래서 나도 한시름 놓고 태교에만 신경을 쓸 수 있었다.

그해 겨울은 이상기온처럼 따뜻한 날들이 계속되었다. 밤과 낮의 기온 차가 심해지면서 안개 낀 날이 많아지고 있었다. 더구나 충주는 댐이 생기고부터 안개 끼는 날이 많아져 호흡기 환자가 다른 지역보다 많이 발생하는 곳이다. 그리고 미세먼지를 포함한 안개는 호흡기 환자에게 치명적이다. 의사는 시아버지께 새벽과 이른 아침에 외출하는 것을 자제해 달라고 말씀을 하셨다. 금방 잊기를 잘하시는 일흔네 살의 시아버지. 난 하루에 한 번씩 전화로 안부를 물으며 당부드렸다.

시댁 동네에는 500년 수령의 느티나무가 있다. 동네 사람들이 해마다 제를 지내니 당나무이다. 며칠 전부터 당나무에 까마귀들이 자주 운다며 시어머니께서 말씀하셨지만 난 아픈 사람이 집에 있다 보니 걱정이 되어서 그러려니 하고 그냥 지나쳤다.

시아버지께서는 소일거리로 소를 몇 마리 키우고 계셨다. 그런데 축사가 집이랑 200m 떨어진 곳에 있는 터라 여물을 주러 오고 가기가 좀 번거로워 보였다.

그날은 시어머니께서 혈압약이 떨어졌다며 이른 아침부터 시내병원으로 약을 타러 가신 날이었다. 안개가 많은 아침에는 밖에 나가지 않는 게 좋다고 그렇게 일렀는데, 시아버지께서는 평소대로 소여물을 주러 가셨다가 변고가 생긴 것이다. 심장이 갑자기 발작을 일으켰다. 한적한 시골 동네이다 보니 주위에는 행인조차 없었다. 살고 싶다고 늘 입버릇처럼 말씀하시더니 의지대로 기어서 어렵게 집까지 오셨다. 안타까운 것은 옆집 형님이 발견했을 때는 이미 심장이 거의 식어가고 있는 중이었다는 것이다. 시멘트 바닥에 스쳐 해진 옷은 넝마가 되어 있었다.

그리고 앰뷸런스는 동네를 들썩이면서 수선을 떨더니 이내 안개 낀 당나무를 돌아 빠져나가고 있었다. 당나무에서 까마귀가 그렇게 울어 쌌더니…….

목발 이야기

　삼 개월 전이다. 배드민턴 경기 도중 착지하는 동작 중에 무릎이 틀어져 주저앉게 되면서 다쳤다. 검사 결과는 전방십자인대 파열과 연골판 파열이라고 했다. 담당 의사는 MRI 사진을 보면서 심각한 얼굴로 주의할 점을 알려주고 의료시설이 좋은 병원에서 수술하라고 권했다. 충주에도 정형외과는 많지만, 경기권이 가깝다 보니 인천 부평에 있는 무릎 전문병원을 선택하게 되었다.

수술 날짜가 가까워지면서 은근히 불안해지기 시작했다. 한 번도 어미와 떨어져 본 적 없는 아이들도 걱정스러웠지만, 남편도 걱정스럽기는 마찬가지였다. 라면 정도는 혼자서 끓여 먹어보았지만, 전적으로 주방에서 애들 밥까지 챙겨 먹이는 일을 해 보지 않았다. 이런 사람에게 남매를 맡겨야 할 형편이 영 걱정스러웠다. 더구나 유치원생 딸내미는 자주 목욕을 시켜야 하고, 아침마다 머리를 빗겨주어야 한다. 그런 일을 어찌 다 해낼지 싶어 그이에게도 미안했다. 하지만 떠나는 아침까지 태연한 척했다.

수술 전날 남편은 병원까지 태워다 주고 애들 때문에 집으로 돌아가야 했다. 다행히 입원한 병실은 간병인을 따로 구하지 않아도 되는 포괄 병동이었다. 그러나 막상 혼자 병실 침대에 남아 밤을 맞으니 도무지 잠이 오지 않았다. 아이 낳을 때 말고는 수술대에 누워 본 적이 없던 나로선 병실에 누워 밤을 맞는다는 것이 어색하고 서글펐다. 새벽까지 돌아누워도 보고 바로 누워도 보지만 잠은 멀리 달아나고 정신은 더 맑아졌다.

수술실로 들어갔다. 몸을 옆으로 눕히고 척추에 주삿바늘이 꽂혔다. 마취액이 들어가는 느낌이 들자 두 아이를 낳을 때 자신에게 걸었던 주문을 입속으로 기도하듯 되뇐다.

'곧 지나갈 거야. 이 시간이 지나가면 고통도 끝날 거야'

척추마취로 의식이 없어지고 깊은 잠에 빠져 있는 동안 수술은 탈 없이 잘 끝났고 회복실에 누워 있었다. 하지만 척추를 타고 들어간 마취액 후유증으로 여덟 시간 동안 똑바로 누워 있어야 하는 고통에 시달렸다. 게다가 머리를 들 수가 없으니 등도 뻣뻣해지고 발이 저렸다. 겁이 더럭 났다.

그런데 무슨 조화일까. 문득 일제강점기 때 독립운동가들이 갇혀 있던 서대문형무소가 떠올랐다. 형무소 안에 몸만 간신히 들어갈 수 있도록 만들어 놓은 고문실이 눈에 어리었다. 순간 용기가 났다. 고문실에 비하면 나는 아무것도 아니란 생각이 들었다. 이내 전신이 뻣뻣하게 굳어지는 것 같은 통증과 불안감이 서서히 가라앉았다.

내가 걸었던 주문이 효과를 본 것인지 시간이 흐르자 목발을 짚고 혼자서도 걸을 수 있게 되었다. 그동안 이 상황을 잘 견뎌준 자신이 대견했고 남편과 아이들도 더불어 고마웠다. 가족 중 한 사람이라도 아프면 집안 평화에 틈이 생겨 식구들이 힘들어지기 마련이다.

병원 생활 일주일이 되자 직장생활에 바쁜 남편이 월차를 내고 찾아와 퇴원수속을 밟아주었다. 인천에서 충주까지, 차가 밀리는 시간이면 평소보다 두 배나 걸린다. 시간때를 잘 맞춘 것인지 돌아오는 길은 차가 밀리지 않아 수월하게 올 수 있었다. 집으로 돌아간다는 설렘으로 밀려가고 밀려오는 창밖 풍경을 바라보며 가슴이 벅찼으며 시원하게 내달리는 차의 속도감이 유쾌했다.

집으로 돌아오니 애들이 달려와 품에 안겼다. 반가움을 주체하지 못해 눈물도 펑펑 쏟았다. 집은 일주일 시간 속에 안주인 부재중을 여지없이 드러내고 있었다. 흩어진 물건들이며 구석구석 뽀얗게 쌓여 있는 먼지. 그래도 가족들의 익숙한 체취가 느껴지니 안심이 되면서 좋았다.

돌아온 첫날 밤 편안하게 잠을 이룰 수 있었다.

다음 날 남편과 아이들이 각자 직장과 학교, 유치원으로 나간 시간을 이용해 청소를 시작했다. 한때 다리 골절로 고생하던 시어머니를 생각하면서 엉덩이를 밀고 다니며 물티슈를 이용해 방과 거실을 닦았다. 길어도 30분이면 충분하던 청소가 한 시간 반이나 걸렸다. 힘들긴 했지만, 집이 깨끗해지니 마음이 한결 가벼워지고 아픔을 잠시나마 잊을 수 있었다.

그러나 다른 것들이 주눅 들게 했다. 청소는 엉덩이로 밀고 다니며 할 수 있으나 다른 일은 목발을 짚어야만 가능했다. 밥도 혼자 먹기 어려웠던 터라 남편이 식탁에 차려놓은 점심을 먹고 나면 식탁에 세워 놓은 목발에게 사정을 한다.

"너와 내가 한 몸이 되어 익숙해질 때쯤에는 걸을 수 있을 거야. 그러면 네 도움이 필요 없을 테니 그때까지만 도와다오."

그러나 목발은 도와줄 마음이 없는지 들어주지 않았다.

자칫 중심을 제대로 잡지 못하면 바닥이건 계단이건 넘어 뜨렸고, 어깻죽지도 몹시 아팠다. 그럴 적엔 몸을 소파에 누이며 쉬도록 내려놓았고, 목발을 쉬게 해 주었다. 이 또한 시간이 가면 되리라 생각하면서.

시간의 기다림은 헛되지 않았다. 목발은 점차 적당한 보폭과 손잡이를 붙잡고 힘을 가하는 요령 등을 가르쳐 주었다.

이런 와중에 절실하게 느낀 것은 건물마다 장애우를 위해 만들어 놓은 시설은 엉망이라는 사실이었다. 휠체어 사용이 용이하도록 만들어 놓았다는 건물의 출입구는 경사가 높아 아예 올라갈 엄두도 못 내었다.

그런 장소에서 애를 먹을 양이면 앞서가던 사람이 도와 주었고 옆에 있던 사람도 앞서가라며 뒤로 물러서 주기도 하였다.

곧 목발을 짚지 않고서 두 다리로 걷게 될 것이다. 이 평범한 진리가 가슴 설레게 한다. 두 다리로 걸을 수 있다는 것은 행복한 일이다.

까막귀

인간의 수명을 적은 적패지를 잃어버린 검은 도포의 차사가 안개에 젖은 시골 동네 어귀를 어슬렁거리며 600년 수령의 느티나무에 앉아 아버지를 지목하던 그날도 완만하게 날개를 펄럭거리며 천천히 날고 있었다 길을 건너려던 날짐승의 변고는 지능적으로 무리를 지어 다니는 배고픈 그들의 먹이가 되고 만다 피가 뚝뚝 떨어지는 날짐승의 살점으로 허기를 채우기에 정신이 없는 무리들 힐긋 보는 눈빛에 얼어붙은 몸은 숨죽여 바라보고 있다 속도를 늦추며 천천히 다가간다 자청색을 띤 흑색의 모습 모처럼의 만찬을 방해한 죄로, 북천으로 데리고 가려는지 날개를 펄럭거리며 날아오르고 있다 쪽빛 하늘을 검은빛으로 물들이며 날아오르던 아버지 장례식 그 날처럼 미친 듯이 페달을 밟는다

제13회 삶의 향기 동서문학상 시 부문 맥심상 (2016)

시•어머니

가마 타고 생극에서 충주로 오는 길
막내딸 시집보내며 우시던
친정어머니 마음만큼이나 구불구불하다

가문 좋다는 중매쟁이 말에
신랑 집에 들어서는 날
올망졸망한 눈망울들이 낯설다

시부모님, 혼자된 시누이, 조카 열둘
어슴새벽 일어나 가마솥 가득 밥을 해도
당신의 허기는 채울 수 없어 많이 했더니
손 큰 며느리 쌀독 빈다 통박

방 한가득 벗어 놓은 식구들의 흔적 안고

냇물에 흘려보낸

눈물이 한 되

아이 못 낳아 받은 설움에 흘려보낸

눈물이 또 한 말

방망이질에 떨어져 나간

미움의 시앗이

눈물투성이 되어 떠내려가고 있다

2016. 10. 7

아기는 어디서 오는 걸까?

저건 은하수,

또 저건 북두칠성,

음 또 저건 직녀성

어떻게 엄마보다 더 잘 알지

원래 난 잘 알아

아이와 툇마루에 누워본다

와르르 별이 쏟아지면 감당하기 힘들까 봐 눈을 감는다

옆에 누운 여섯 살 늦둥이

반짝이는 별보다 더 반짝이는 눈이

별을 세고 있다

근데 별에도 사람이 살아

글쎄 사람이 살까

내가 엄마 뱃속 작은 별에서 왔으니까

별에도 아기씨가 살 거야

그래야 아기가 태어나지 나처럼

그럼, 별똥별이 엄마 뱃속으로 떨어지는 걸까

맞아 그래야 아기가 생기거든

엄마 뱃속 작은 별은 아기집이야

그럼,

큰 우주가 작은 우주에게 아기씨를 보내는 거로구나

둘째
마당

가을을 걷는다

내 발길은 좋다. 몇 겹의 나뭇잎으로 쌓인 길 위를 걷는 느낌을 이곳에 와 걸어보지 않은 사람은 모를 것이다.

작년이었다. 배드민턴을 치다 다쳐서 목발에 의지하며 여름을 보내야 했던 나에게는 이번 가을 산행이 걸음마를 시작하는 아이처럼 기대가 크다. 걷기 연습을 게을리하지 않은 탓에 이번에는 친구와 왕복 세 시간짜리 충주산성에 도전을 해 본다.

운동을 좋아하는 내가 실내에 묶여 있었다는 것은 상상도 할 수 없을 만큼이나 힘든 생활이었다. 이제야 숨통이 트이니 세상에 나라는 존재가 숨 쉬며 살고 있다는 것을 실감한다. 산성은 이번이 처음은 아니다. 지난번에 갔던 남산 깔딱 고개는 계단이 많아 힘든 코스라 가벼운 걸음으로 갈 수 있는 곳을 선택했다. 출발할 때 비가 오락가락해서 망설였는데 친구가 비가 오면 우산 쓰고 가지 못할 상황이면 내려오자고 선 듯 말해 주니 용기가 났다. 이런저런 얘기가 많던 우리는 각자 걷고 있었다. 나는 바쁘게 지나가는 일상의 스트레스를 정리하고 있었고, 그녀도 걸음이 가볍지만은 않은 것이 별반 달라 보이지 않는다. 빗소리처럼 나뭇잎들이 바람에 부딪히는 소리가 우산을 폈다 접기를 몇 번이나 반복하게 했다. 그사이 반가운 해가 마중을 나왔다. 가을을 흡수한 산성은 아름다웠다. 충주는 마한의 땅이며 백제 땅이다. 산성을 잘 쌓았던 백제인의 기상이 느껴지는 이곳은 고려 시대 충주시민과 김윤후 장군이 몽골군과 접전에서 승리한 곳이기도 하다. 그 당시 함성을 들으며 산성을 바라본다. 지금은 세월의 무게에 많이 내려앉았음에도 불구하고 높이가 상당해 보였다.

죽이지 않으면 죽어야 하는 치열했던 전장의 적군이 되어 본다. 사다리를 걸고 기어오르다 떨어지고 활을 쏘아 올리고 그러나 위에서 바라보며 쏘는 화살을 피하기란 쉽지 않아 보인다. 산성 위는 적군을 감시하던 치가 높은 곳에 삐쭉이 나와 있었고, 몇 해 전에 충주시에서 복원해 놓은 우물에 물이 차 있었다. 치를 향해 발걸음을 옮겨본다. 전면에 보이는 산은 제천이고 오른쪽으로는 수안보를 갈 수 있는 재오개가 보인다. 몇만의 적군이 몰려와도 끄떡도 하지 않을 만큼 견고하다.

쌓는 데 얼마나 걸렸을까? 열여섯 살에 군역을 가니 산성이 완성되면 아마 서른이 훌쩍 넘을 것이다. 수명이 오십이 되지 않았던 시절이니 삶의 절반이 흐르게 된다. 고달프게 살던 민초들의 삶을 들여다보는 것 같아 가슴이 애잔하다.

해자 역할을 하던 남한강이 댐으로 변하여 자연과 어울

리니 더욱 아름다운 자태를 뽐내고 있었다. 구름이 빠른 속도로 움직이면서 전쟁을 방불케 하는 천둥소리가 계속 들리고 있다. 아마도 다른 곳에서는 비가 많이 내리고 있는 모양이다. 햇빛이 조명이 되어 비추니 능선은 무대가 되어 늠름함을 마음껏 뽐내고 있다.

그날 자연은 선택받은 사람에게만 주는 혜택처럼 우리에게 맑은 하늘을 선물해 주었다. 행운이 많은 친구에게 함께라서 좋았고 고맙다며 인사를 건넨다. 빙그레 웃으며 화답하는 그녀의 모습에서 가을 냄새가 풍겼다.

전쟁의 접전지였고 많은 사람이 죽어간 이곳. 고요하다. 모든 것을 알고 있는 나무는 침묵을 지키고 새들만이 수다스럽게 지저귀고 있을 뿐 적막하다.

그린에세이 Vol.35. 2019. 9·10.

가끔 다른 사람의 신발을 신어 보자

다섯 시간 강의가 끝이 나고 집으로 돌아와 소파에 앉는다. 퉁퉁 부어오른 발을 바라보며 "오늘도 고생 많았어. 고마워" 인사를 받는 발을 따뜻한 물에 담가 피로를 풀어준다.

텔레비전 프로에 나오는 의사들의 말을 빌리자면 신체의 모든 것이 발에 있다고 했다. 그 말을 증명이라도 하듯 여기저기를 주물러 주면 피로가 풀리는 것을 보니 빈말들은 아닌 듯싶다.

초등학교 이학년 때였던 것으로 기억한다. 키가 크고 마른 체형에 유난히 발이 컸던 아이, 엄마 등에 업혀야지만 등교를 할 수 있었던 친구 이름은 영인이었다. 큰 신발을 신어야지만 밖에 나올 수 있었다던 영인이의 병명은 신장질환이었다. 학교를 자주 빠지면서도 공부를 열심히 했던 친구.

해가 바뀌면서 키가 크기로 유명했던 우리는 운동장을 누비며 고무줄놀이를 했던 기억뿐, 친구의 투병하던 모습은 기억에 없고, 유난히 컸던 발만 기억이 난다. 그 애는 딸 많은 집 막내여서인지, 아픈 딸의 과잉 보살핌 때문인지 자기중심적인 사고가 강했다. 그리고 도시에 사는 언니들 덕을 크게 보는 영인이의 옷차림은 시골스러운 우리와는 달리 부잣집 아이 같았다. 그래서였을까 아이들은 가끔 부러움에 입방아를 찧어 대곤 했는데 거기엔 나도 포함이 되어 있기도 했다. 지금에야 말이지만 그때도 부러운 구석이 많은 친구였다.

그리고 우리는 아이들 엄마가 되어서야 다시 만날 수 있었다. 밝아 보이는 얼굴과 도시인답게 세련된 스타일의 그녀는 좋아 보였다.

서로 안부를 모르고 산 시간을 공유하는 수다에 시간 가는 줄 모르고 빠져들고 있었다. 이십 대에 결혼한 친구는 삼십이 넘어 결혼한 나보다 큰 아이들이 있었고 비교적 평탄한 삶을 살고 있었다. 아이들을 다 키운 그녀가 내심 부러웠다.

경기도 구리시 사는 그녀와 내가 사는 충주는 가까운 공간이 아니어서 자주 볼 수가 없었기에 우리는 안부만 전하는 정도에서 서로의 소식이 이어졌다.

한참이 지난 후에야 두 번째 만날 수 있었다. 그녀의 활기찬 기운이 금방 초등학교 이학년으로 데려다 놓았고, 여전히 고운 그녀를 부러운 시선으로 바라보고 있었다. 식사를 마치고 장소를 옮겨 차를 마시러 커피숍으로 이동해서까지 우리들의 수다는 끝날 줄을 몰랐다. 그때쯤 문이 열리고 가슴이 봉긋한 싱그러운 젊음이 들어 왔다. 예쁜 여자만 보면 눈을 떼지 못하는 남자들의 마음이 이해가 가는 순간이기도 했다.

"나도 저런 가슴이었는데 지금은 내 가슴이 아니네."

그녀의 한마디에 순간 귀를 의심하지 않을 수가 없었다.

그녀는 유방암을 앓고 난 후였다.

항암치료를 하면 제일 먼저 표면적으로 나타나는 현상이 머리카락이 빠진다고 했다. 하루가 다르게 빠져나가는 머리카락을 손수 밀어주던 다정한 남편이 있어 견딜 수 있었다는 그녀. 지금은 공무원 생활을 접고 한 번도 해 본 적이 없는 구두 파는 자영업을 시작해 자리를 잡아가고 있다고도 했다.

그녀의 신발을 눈여겨보니 유난히 커 보였다. 초등학교 이학년 때처럼 눈에 띄게 컸다. '그 사람의 신발을 신어 보기 전까지는 그 사람을 논하지 말'라는 중국 속담이 있다. 무수히 많은 사람이 살아가는 아파트에는 이런저런 얘기들이 하루에도 몇 가지씩 돌고 있었다. 가끔 얼굴도 모르는 사람의 소문을 듣는다. 이것이 진실인지 거짓인지도 모르는 말들을. 어쩌면 나도 그 무리 중의 하나였을지도 모른다. 그동안 나는 고단한 내 발과 굽 낮은 내 신발에만 시선을 두고 살지 않았나를 생각해 본다.

그린에세이 Vol.32. 2019. 3·4.

은영이라고 불러 주세요

"은영이라고 불러 주세요. 제 이름입니다."

출판사 사무실에 여직원이 새로 왔다. 이름을 몰라 편하게 그녀를 선생님이라고 불렀다.

오전 내내 같이 있으면서 물어볼까도 했지만 자주 보는 사이가 아니라 필요한 말만 해도 되어 물어보지 않은 이유도 있었다. 볼일이 마무리가 될쯤 사장님과 함께 우리는 점심식사를 하게 되었다. 같은 테이블에 앉아 밥을 먹으면서도 호칭은 그리 중요하지 않았다. 식당 문을 나서며 나에게로 온 그녀가 자기는 결혼해서 주부로 지내다가 사회에 나온 지 얼마 되지 않았다고 했다. 누구 부인이나 아이 엄마로 불리는 것보다 이름을 찾고 싶다고 했다.

문득 잊고 지냈던 10여 년 경력단절 시절이 떠올랐다. 첫아이를 낳고 나는 수호 엄마가 되었다. 늦은 나이에 아이를 낳아 그런지 일고여덟 살 차이 아들 친구 엄마가 수호 엄마라고 부를 때는 많은 생각과 함께 기분이 좋지 않았던 기억이 난다. 그런 것을 제외하고는 호칭에 대하여 깊이 생각해 본 적이 없었던 것 같다.

선조들은 귀족 여자들에게만 이름을 가질 수 있는 특혜를 주었고, 양인이나 천민 여성들에게는 이름을 지어 주지 않았다. 태어나면 아명을 쓰다가 결혼하면 남편 이름 뒤에 고작 ○○댁이라 불렸고 첫째 아이를 낳으면 ○○엄마가 이름이 되어 버리는 것이다.

120년 전인 1894년 조선을 여행한 오스트리아 출신 독일인 헤세 바르텍이 바라본 조선 시대 사람들 삶 속에 여자와 남자의 삶을 잘 나타낸 것이 있어 인용해 본다.

남성들의 게으름

이른 아침부터 밤늦도록 비좁은 골목길을 돌아다녀 보았지만, 남자들은 일하는 것을 한 번도 보지 못했다. 남자들은 하루 종일 곰방대를 물고 빈둥거리거나 골목길 한가운데 옹기종기 모여 앉아 노닥거리거나 낮잠을 잤다. 반면에 조선에서 여성이 한가롭게 있는 것을 본 적이 없으며 남성과 함께 있는 것도 본 적이 없다.

남자들이 집 앞에서 잠을 자거나 담배를 피우는 동안 여자들은 집안이나 마당에서 쉬지 않고 일을 했다. 힘든 일도 척척 해냈다. 끙끙거리며 우물에서 물을 퍼 올리고 밭에서 일했고, 무거운 짐을 날랐다. 또 밤늦게까지 길쌈을 하고 다림질을 했다.

아침 일찍 일어나보면 이미 조선의 여인들은 일하고 있었다.

바로 여기서, 여성을 존중하지 않는 민족일수록 문화 수준이 낮다는 사실이 입증된다.

파란 눈을 가진 외국인은 서양의 다른 나라 여성들보다 힘들게 살아가는 조선 여성들을 바라보며 게으른 남자들에 관하여 쓰고 있었다. 수탈이 심했던 사회구조는 남자들을 게으르게 했다고 한다. 그러나 이렇게 만들어진 부지런한 습관은 훌륭한 어머니를 만들었고 우리나라를 선진국으로 발전시키는 원동력이 되기도 했다.

시집와 아이 키우고 농사짓느라 한글을 읽을 줄 몰라 버스 타는 것조차도 버거워하셨던 이웃집 언년이 할머니가 생각이 났다. 죽기 전 소원이 글자를 배우는 것이라는 할머니.

언제부터인가 할머니는 시내 나들이가 잦아졌다. 다들 궁금해하는 눈치였지만 바쁜 농사철이라 그런지 아무도 물어보는 이가 없었다. 나중에 안 사실인데 시내에 무료로 한글을 가르쳐 주는 곳이 생겨 글을 배우러 다닌 것이었다. 하루하루가 쌓여 가면서 간판이 눈에 들어오는 순간 깜깜했던 세상에 환한 빛이 '짠'하고 비추고 있었다면서 행복감에 눈물도 흘리셨다는 감동스토리를 듣게 되었다. 나는 할머니 얼굴에 주름이 사라져가고 있음을 느꼈다.

노란 눈이 쉼 없이 쏟아지고 있던 날, 그녀는 버스를 자신 있게 타고 마을로 돌아왔다. 작은 어깨는 힘이 들어가 위풍당당해 보였으며 그 속에서 나는 나폴레옹을 보았다.

한때 글을 모른다며 동네 사람이 핀잔을 준 적이 있었다. 속상한 마음에 머리채를 잡았고 심한 욕이 오고 가기도 했다. 그날도 주책없이 노란 눈은 바람을 타고 날리고 있었다.

지금은 아무도 시비를 걸지도 않으며 무시하지도 않는다. 밝은 햇살은 온전히 언년이 할머니 것이 된 것이다.

집에 돌아오면서 이름을 되찾고 싶다던 은영 씨를 생각해 본다.

다음에 만나면 "은영 씨"라고 이름을 불러줘야겠다.

2019. 7. 8.

낙지는 인간보다 우월한 모성애를 지닌 걸까?

툭 두둑 귀를 기울인다. 창문을 열어 빗소리를 가까이
에서 듣기 위해 앉는다.

올해가 되면서 나만의 작은 공간이 생겼다. 방마다 나
있는 창문 너머에는 버드나무가 나의 공간을 궁금해하고
있다. 비라도 올라치면 나뭇잎들이 야단이던 여름과 가
을. 그 순간만큼은 온 세상이 내 것이 된다. 하늘도 빗소
리도 잠시 나를 잊게 한다.

쌍둥이가 공부하러 온 것은 아마도 벚꽃이 지고 난 사월 말쯤이었나 보다. 큰 눈을 가진 아이들은 좋은 옷을 입진 않았지만, 어딘가 모르게 귀티가 흐르는 것을 알 수 있었다.

북한에서 의과 대학을 다니다가 군대에 가게 된 아이들 엄마는 작은 체구에 초라 하지만 눈이 유난히도 빛이 나던 여인이었다. 소매 속으로 보이는 자해 흔적이 남아 있었던 그녀.

무엇이 그녀로 하여금 자해 흔적을 남기게 했을까? 위로의 말보다는 충고가 필요한 사람일지 아님, 따뜻한 말 한마디가 필요한 것이지.

뇌리를 스치는 수많은 언어가 짧은 순간이지만 나를 괴롭혔다. 충고를 택한 입술은 이내 아이들이 20살이 되기 전까지 자해는 안 된다고 말하고 있었다. 흐린 눈빛이 갑자기 빛이 나기 시작했다. 눈은 의지대로 움직였다. 몸짓은 속일 수 있어도 절대 속일 수 없는 마음의 창. 그녀의 창안에 혼돈을 잡아 아이들을 위해 살아가는 엄마가 되길 원하는 나의 마음이 전해졌으리라고 생각했다

두 달이 지난 어느 날 편하게 마음을 터놓을 수 있는 사람이 없었던 것처럼 그녀는 마음을 내보이기 시작했다. 쉽지 않았던 탈북 이야기와 그리고 그녀의 사랑 이야기까지.

힘든 탈북이었지만 남한에서 만난 사랑은 이곳에 온 보람을 느낄 정도로 달콤했다고 그녀는 말했다. 대화가 잘 통하던 그 사람과는 미래를 확신했기에 동거를 시작했다고 한다. 그런데 부모님께 인사를 하러 가는 날, 마주한 식사 자리에서 우리 집에 빨갱이는 들이지 않겠다는 시아버지 되실 분의 단호한 말씀에 상처를 입고 홀로서기를 하게 되었다고 했다. 아이를 임신한 것을 나중에 알았지만, 생명을 없앨 수 없어 홀로 낳아 지금까지 키우고 있다면서 담담하게 말을 이어 나갔다.

'빨갱이'

6.25가 끝난 지 70여 년이라는 시간이 지났는데도 이념 전쟁을 겪은 세대들은 몸은 민주주의에 살아가면서 정신은 시대를 뛰어넘지를 못하고 머물러 있었다. 공산당이라는 잔재가 뇌리에 남아 고정관념이 되어 버린 시선들이 목

숨 걸고 찾아온 사람들에게 자유를 누려보지도 못하고 또 다른 자유의 감옥에 갇히게 되는 상황을 연출하고 있었다.

북한은 조선의 유교 사상이 가장 많이 남아 있는 곳인 듯하다. 그곳에는 조선 시대 신분 사회인 양반과 중인이 남아 있는 듯 세계에서 유일하게 의사가 대접을 받지 못하는 나라이다. 왕 아닌 왕이 다스리는 유일한 나라. 우리는 어떤 시선으로 그들을 바라보며 대접을 해 주었을까?

그리고 그녀의 선택

쌍둥이를 임신한 채 홀로서기를 선택한 그녀는 잘살고 싶었으리라. 자유 속에서 민주주의를 꿈꾸며.

쌍둥이는 초등학교 2학년임에도 불구하고 한글을 읽지 못하는 아이들이었으며 정서적으로 매우 불안했다. 난 한 달 동안 아이들에게 매달렸고 한글의 우수함인지 나의 노력인지 아니면 쌍둥이의 노력인지 우리는 지문을 읽고 문제를 풀 수 있는 수준이 되었다.

그리고 또 다른 그녀의 선택.

미래가 불확실한 현실에 자신감을 잃은 그녀는 어미로서 해야 할 도리를 포기하고 보육원을 찾아다니다 탈북민 자녀가 갈 수 있는 대안학교를 소개받아 그곳으로 쌍둥이를 보내기로 했다고 하였다.

난 차라리 아이들을 아빠에게 보내는 것이 어떠냐고 말하고 싶었지만 그렇게 하지 못하는 본인 마음은 오죽했으면 그런 결정을 내렸을까 싶어 차마 입을 떼지 못했다.

문득 낙지의 모성애에 관한 기사가 생각이 났다. 낙지는 알을 낳으면 알이 부화해 혼자 힘으로 살아갈 수 있는 기간까지 먹지도 않고 새끼들을 돌보다가 새끼들이 자라서 어미 곁을 떠나고 나면, 지치고 지친 어미는 홀로 생을 마친다고 한다. 자궁에서 꼬물거리는 귀한 생명을 포기하지 않고 목숨처럼 키웠던 아이들을 이제 와 포기하려는 그녀의 나약한 의지가 조금은 야속한 마음이 들기도 한다. 인간의 모성 본능이 낙지보다 못한 것은 아닐까?

한국 동서문학 겨울. Vol.36. 2020

보금자리를 다시 찾은 참개구리

　겨울 동안 눈다운 눈 한 번 내리지 못하고 입춘을 맞았다. 날씨도 포근하여 어쩌면 개구리들이 벌써부터 밖으로 나올 채비를 서두르지 않을까 싶다. 그리고 보니 어린 시절에 개구리들이 겨울철만 돌아오면 수난을 당하던 기억들이 떠오른다.

　1970년대 우리가 알고 있는 개구리보다 두 배 이상 큰 식용개구리를 들여왔다는 뉴스가 나왔다. 두꺼비를 닮았는데 이름이 황소개구리라고 했다.

벼 타작이 시작되었다. 바쁜 손을 가진 어머니는 새참을 들고 논두렁으로 향했다. 벼 터는 기계 소리와 어른들의 말소리가 겹쳐 옆에서 놀고 있는 작은 손들도 정신이 없었다. 갑자기 둘째 언니가 눈을 비비며 자지러지게 울었다. 눈에 티가 들어갔던 것이다. 언니를 뒤로하고 어머니를 부르러 간 나도 눈물범벅이 되어 뛰었다. 울고 있는 작은 언니를 업고 달리는 어머니도 정신이 없기는 마찬가지였다.

시내에 있는 안과를 다녀온 후 작은 언니는 곤히 잠이 들었다. 가을걷이는 그렇게 끝이 나고 있었다.

겨울은 어느새 앞마당까지 와 있었다. 한가해진 동네 사람들은 만 만 한 집을 찾아 삼삼오오 모여 화투를 하거나 윷놀이로 긴긴 겨울날을 보내고 있었다. 하루 이틀 무료해진 남자 어른들은 해마다 개구리잡이에 열을 올리곤 했다. 먹을거리가 부족했던 시골인지라 단백질 영양 공급원이 되어 주었던 개구리는 겨울잠에 들어 있는 것이라야

독이 없다며 잡아서 먹었다.

그날도 옆집 아저씨는 양동이 한가득 개구리를 잡아 오셨다. 잔치라도 할 양인지 동네 사람들이 모여들었다. 물론 호기심이 많은 나도 구경을 갔다, 그 안에는 아직도 겨울잠을 자는 개구리들이 서로 엉겨 붙어 있었다.

식량이 부족했던 우리나라는 먹을 것을 보충하기 위해 번식력이 좋은 외래 생물을 다수 수입했었다. 식용목적으로 들어온 황소개구리, 입이 큰 배스, 파랑볼우럭(블루길) 생태계를 생각하기보다는 배고픔을 달래는 것이 우선이었다.

세계 11위, 우리나라도 선진국이 되었다. 사람들은 소고기나 돼지고기를 먹었고 이제는 배고픔에 허덕이는 생활을 하는 사람이 거의 없을 정도로 발전했다.

황소개구리가 들어온 지 48년. 외래 생물체에 밀리던 먹이사슬이 움직이고 있었다. 어릴 때 아버지께서 등에 독을 잔뜩 가지고 다니는 두꺼비는 절대 만지면 안 된다고 하셔서 경계를 늘 하고 있었던 터라 두꺼비를 닮은 황소개구리 근처는 가지도 않았다. 특이하고 큰 울음소리는 밤에 들으면 귀신 소리같이 들렸기 때문이다.

개체 수가 토종 개구리보다 몇 배가 될 만큼 늘어나기 시작했다. 정부는 파괴되어 가고 있는 먹이사슬을 막기 위해 이벤트를 하기 시작했다. '황소개구리 잡기 대회' 많이 잡은 사람에게는 포상도 주어지는 행사였다. 그러나 개체 수는 쉽게 줄어드는 기미가 보이지 않았고 사람들도 시들해졌다.

시간이 흐르면서 최상의 포식자가 되어 있던 황소개구리는 동족 간의 DNA 충돌로 인해 개체가 감소하였다. 그리고 비슷한 시기에 들여온 배스가 토종올챙이 보다 두 배나 크고 미끈거리기까지 한 올챙이를 잡아먹기 시작했다. 덩치가 커서 겁먹던 뱀도 천적이 되어 한몫하고 있었다.

나는 대청마루에 앉아 천천히 다가오는 어둠이 뜨거웠던 하루를 집어삼키느라 애쓰는 해넘이를 바라보는 것을 좋아했다. 개구리들은 밤이 오는 것이 두려워서인지 다양

한 울음소리로 동네를 가득 채우고 있었다.

고모는 마루에 걸터앉아 노을을 바라보는 나를 보더니 앉아서 개구리 소리를 듣는 사람은 앞으로 삶이 편안할 거라는 말씀을 하셨다.

그리고 후에 안 일이지만 개구리가 저녁에 우는 이유는 좋은 짝을 만나 짝지기를 하기 위해서 울었던 것이었다. 아직도 시골에는 개구리들이 저녁만 되면 시끄럽게 운다고 말해 주는 아이들이 있어 고맙다.

우리에게는 36년 일제강점기라는 치욕스럽던 시대가 있었다. 저항할 틈도 없이 일본은 치밀하게 우리나라를 혼란스럽게 만들었고, 우리는 무방비 상태로 당하고만 있었다.

십 년, 이십 년, 삼십 년 그리고 육 년.

아시아의 주인이 되고 싶은 일본의 과한 욕심도 있었지만, 주권이 없는 고통을 고스란히 안고 가야 하는 우리는 끊임없이 목숨을 걸고 독립운동을 해야만 했다. 물론 큰 입배스 같은 나라가 독립을 할 수 있는 결정적인 역할을 하기도 했지만, 세계의 식민지를 당한 나라 중에 가장 짧은 기간에 독립할 수 있었던 우리나라가 자랑스럽다.

자연과 사람은 닮은 구석이 많아 자기 것을 지키려는 욕구가 강한가 보다.

우리 엄마는 외국인은 아니야!

"우리 엄마는 외국인은 아니야 !" 아이들 틈바구니에 울려 퍼진 이 한마디는 누구의 마음에는 상처가 되어 큰 동굴을 만들고 있었다.

학교에 오는 내내 날씨가 찌뿌듯하더니 바람과 함께 눈이 날리고 있었다. 나뭇잎이 다 떨어지지도 않았는데 눈이라니 너무나도 짧아진 가을. 아쉬운 하루가 될 것 같다.

형제가 네 명이나 되는 대가족인 상현이는 밝은 성격은

아니었지만 수줍은 웃음이 귀여운 아이였다. 그런데 어느 순간부터 아이의 표정이 예전 같지 않게 그늘이 보이더니 더 이상 수줍은 미소는 볼 수가 없었다. 같은 동네 사는 친구의 말에 의하면 엄마가 집을 나갔다고 했다.

아이들에게 엄마라는 존재는 어디서든 무슨 일이 생기면 출동하는 태권브이 같은 것인데 그런 엄마가 상현 이와 더 이상 함께 살지 못하게 된 것이다.

신문에 종종 다문화가정에 관한 기사가 올라오기도 하는데 훈훈한 이야기도 있지만 그렇지 못한 기사를 다룰 때가 많다. 그리고 집을 나간 엄마를 기다리는 가족과 아이가 대문을 잠그지 못하고 살아간다는 안타까운 사연이 다큐멘터리로 만들어져 방영되면서 사람들의 마음을 아프게 했던 적도 있었다.

이렇게 다문화가정이 늘고 있는 반면 서로를 배려하고 이해하지 못해 일어나는 불행한 현실이 아무런 잘못이 없는 아이들에게 적잖은 상처로 남게 되는 것이다.

지리적 위치로 보면 우리나라는 반도 국가라 세계로 뻗

어나갈 수 있는 유리한 조건에 놓여 있다. 삼국시대부터 조선 시대까지 선조들은 많은 전쟁을 치러야 했고 나약하고 힘없는 백성 중 여성들은 많은 일을 겪어야 했다.

예로 고구려의 평강공주와 온달장군 이야기를 들어 보면, 온달장군의 외모에 관한 이야기가 나온다. 아이들에게 놀림을 받고 눈먼 어머니와 홀로 살아가던 온달이는 바보가 아니라 생김새가 달라 사람들에게 배척을 당하는 인물이었다. 그러면 온달이가 고구려에만 있었던 것은 아닐 것이다.

이러한 상황에서 선조들은 외세의 침략이 있을 때마다 분열되는 백성들의 마음을 하나로 모으기 위한 구실로 단일민족이라는 말이 절실했을 것이다.

나는 요즘 '이웃집 찰스'라는 시사교양 프로그램을 즐겨 본다. 그 프로그램에서는 다양한 국적의 찰스들이 출연해 한국 생활 적응기를 보여 주고 있다. 문화가 다른 나라에서 온 그들이 한글을 배우고 문화와 예절을 익히는 가운데 일어나는 에피소드가 재미있었다.

2020년 우리나라에 거주하는 외국인은 250만 명이 넘는다고 한다. 대구광역시 인구가 242만 정도이니 거의 비슷한 수치의 인구가 상주하는 것이다.

그러고 보니 '이웃집 찰스'는 우리나라 현실을 반영해 주는 유익한 프로그램인 셈이다. 변화되어 가는 시대에 적응하면서 살아간다는 것이 쉬운 일은 아니다. 왜냐하면 각자 살아온 시간들을 무시할 수는 없기 때문이다. 예전에는 외국인만 보면 신기해하고 외국인과 결혼하는 것을 몹시도 꺼렸던 시절이 있었다. 오직 토종만 고집하면서 외국인과 결혼하면 어딘가 모자란 사람처럼 취급을 당하던 시절. 구한말 조선을 방문한 유럽 여행자들과 화가들은 '똑같은 모습의 사람이 없으며 다른 아시아인들과는 다르게 특색 있게 생겼다'라고 표현하기도 했다.

이제는 변해야 한다. 이웃에 찰스들이 담장을 사이에 두고 살아가는 사회가 된 것이다. 우리는 그들을 받아들이고 다름을 인정하면서 어울려 살아가는 것을 연습해야 할 때가 온 것이다.

그린에세이 Vol.42. 2020. 11·12.

애장

노을이 마을을 덮으며 차가운 밤이 엄습해 오고 있다 지금도 잊히질 않는 애절한 목소리 옆집 막내가 없어진 것이다 '우르르 쾅 쾅' 천둥소리는 전쟁 신호탄처럼 번쩍였고 비가 쏟아지기 시작했다 빗속을 뚫고 사람들이 모여들었다 우산에 떨어지는 빗소리만이 적막을 깨우고 있다 비는 어스름 새벽까지 계속되었다 어수선한 동네 "화장실을 한번 뒤져 봅시다" 이장님의 말에 긴 막대기가 휘 휘 저어지니 알몸인 채로 나타났다 먹는 걸 좋아하지 않아 또래보다 작고 왜소한 아이, 눈깔사탕을 손에 쥐여 주면 해맑게 웃으며 좋아했는데, 그날 슬픔 틈으로 뜰 안에 핀 채송화를 보았다 부슬비가 흙탕물에 더러워진 꽃잎을 씻겨 주고 있었다 유난히도 길게 느껴지던 그해 가을장마에 꼭지가 무른 덜 익은 감이 바닥에 나뒹굴었다

월객(月客)

금기시해 오던 선악의 나무 열매를 혀의 간교함에 이끌려 따먹은 후에 노동과 고통, 죽음을 안고 에덴의 동산에서 추방되던 그 날부터 화와는 모든 살아 있는 것들의 어머니이자 달의 전령이었을 것이다 달을 지구로 끌어당기는 힘을 가진 화와는 차고 기울기를 마음대로 조절했을 것이다. 달이 차오르면 자궁은 수억 개의 씨앗 중 가장 위대한 것을 받아들이기 위해, 좋은 바람이어야만 멋진 날개를 펼 수 있는 알바트로스처럼 때를 기다렸을 것이다

봄산

능선이 춤을 춘다 봉긋한 젖가슴이 살랑거리며 지나가는 바람을 유혹한 것이다 그냥 스쳐 지나가려고만 한 것인데 꿈틀거리는 곡선의 아름다움에 그만 머물고 만 것이다 잠시 잠시만 한 것이 보름 더 이상 머물 수 없게 되어버린 바람이 홀연히 사라지고 있다 떠나고 난 자리 어느새 생긴 작은 능선은 점점 부풀어 오르고 젖가슴도 덩달아 부풀어 오르는 것을 보니 심상치 않다 더욱 풍만해져 푸른 생기를 발하더니 아름다운 옷으로 갈아입으며 원숙한 여인이 되어 교만하게 누워 있다 무엇을 숨기려는지 새하얀 원단으로 몸을 휘감고 숨죽이며 기다린다 이내 누르스름한 머리를 내어 놓는다

셋째

마당

냉장고에 붙어 있던 노년

여자에게 나이가 차지하는 비중과 신체 변화에 대하여 생각해 본다. 몇 해 전 음성에 계시는 수필가분 댁을 방문할 일이 생겨 나에게 많은 가르침을 주시는 선생님 한 분과 동행을 했다. 오래된 아파트에 치매로 거동이 불편하신 남편분과 함께 거주하고 계셨다.

방안 가득 책들로 채워진 서재는 이분이 얼마나 많은 집필과 다독을 하셨는지를 보여 주고 있었고 서재를 향하는 길목에 있는 주방 냉장고에는 생소한 모습의 달력을 닮은 약봉지 케이스가 중요한 날짜를 기입하는 것처럼 매달려 있었다. 그리고 읽다가 만 성경책. 독실한 크리스천이셨다.

종교는 피폐해지기 쉬운 인간을 구원하기 위해 어느 선구자가 창시했나보다. 빠르게 흘러가는 시간은 가끔 망각을 주기도 하지만 허탈함과 괴로움을 주기 때문에 종교는 이 모든 것을 정화해 주는 역할을 하는 것이다.

치매가 오신 지 꽤 오래인 듯하다. 요양병원에 보내지 않으시고 손수 식사를 챙기시며 간호를 하시다니 평상시 사이가 좋은 부부였는지 아님. 애증의 관계인지는 좀 더 지켜봐야 알 것 같다.

문득 글을 쓴다 한다는 사람들이 앞다투어 주제로 썼던 2016년 그해의 궤나가 생각이 났다.

'뼈 피리 궤나'

사랑하는 이가 죽으면 정강이뼈로 피리를 만들어 불었다는 이야기. 사랑이라는 것은 어느 시대를 불문하고 존재했다는 것이 새삼스럽다. 단백질 섭취를 위해 인육을 먹던 잉카인들은 사람의 뼈로 피리를 만들어 불어도 아무렇지 않은 것이었을까? 아님. 정말로 삶에서 떠나보내지 못한 아쉬움에 넋이라도 가까이에 두어야만 했던 것일까? 갑자기 궁금해진다.

그런데 이렇게 궤나가 많은 걸 보니 그 시대 유행은 아니었을까 하는 또 다른 생각이 든다.

한 시간 정도 거실에서 얘기하는 동안 거동이 불편하신 남편분의 방에서는 아무런 기척도 없는 것을 보아하니 아마도 깊은 잠이 드셨나 보다.

인간으로 다시 환생하려면 몇 겹의 복을 지어야 한다고 했다. 어렵게 태어난 생인데 고통 속에서 마감해야 한다 무엇일까? 내가 모르는 이 세계는……

정강이뼈로 만든 악기가 있다고 한다.
사랑하는 사람이 죽으면
그 정강이뼈로 만든 악기

그리워 질 때면 그립다고 부는 궤나

그리움보다 더 깊고 길게 부는 궤나

들판의 노을은 붉게 흩어 놓은 궤나 소리

집으로 돌아가지 못한 짐승들을

울게 하는 소리

오늘은 이 거리를 가는데 종일

정강이뼈가 아파

전생에 두고 온 누가

전생에 두고 온 내 정강이뼈를

불고 있나 보다.

그립다 그립다고

종일 불고 있나 보다.

궤나 김왕노

베란다 화초들이 생기가 있어 보이는 것이 이 부부와는 너무나도 상반되어 보였다.

한편으로는 성경만으로는 채워지지 않는 무엇인가를 화초 키우는 것에 전념하면서 세월을 잊고 사셨는지도 모르겠다.

당신에게 부를 드려요

가만히 햇빛을 느낀다. 창 가득 쏟아지는 연둣빛이 어깨를 감싸는 따뜻함이다.

바람이 창을 살랑인다. 블라인드가 흔들려 귀를 자극하지만, 그 소리마저도 정겹다.

붉은 고추들이 마당을 한가득 채우던 여름 볕이 시들해지니 잘 가꾸어 놓은 화단에 단풍이 들기 시작하면서 검게 그을린 여름이 가고 있었다.

한잎 두잎 거친 삶의 손도 이 순간만큼은 소녀로 돌아가 양손 가득 잎을 딴다. 그리고 보면 자연은 한 번도 순리를 거스르지 않는다. 마치 배운 대로 실천을 잘하는 모범생처럼 말이다.

봄이 돌아와 닥나무에서 잎이 돋는가 싶더니 금세 풍성한 잎이 지고 열매를 맺었다. 이렇게 되면 닥나무를 잘라 손질한 것을 한지 만드는 곳으로 보낸다. 그러면 공정을 거쳐 창호지가 되어 다시 돌아오곤 했다.

닥나무는 벼슬에서 물러나 고향에서 여생을 보내신 고조할아버지께서 손수 심으신 나무다. 산을 밭으로 일구는 일이 하루 일과이셨다는 얘기를 전해 들은 적이 있었다. 벼슬에서 물러나 초야에 묻혀 닥나무를 심었다던 고조부의 생각을 더듬어 보는 시간이다.

종이의 유래는 기록상으로는 610년 고구려 영양왕 21년에 담징이 일본에 종이 만드는 법을 전한 것이 기록에 남은 것으로만 알려져 있다. 그러나 종이는 고대 중국에서 처음 발명된 것으로 간쑤성 텐수이시에서 발견된 기원

전 2세기경의 방마탄지가 현존하는 세계에서 가장 오래된 것이다. 그것을 서기 105년 후한 환관 채륜이 전국의 장인들과 기술을 동원해 다시 만들어 제후의 직위까지 승진했다 한다.

우리나라는 고려 시대부터 닥나무를 이용해 한지를 만들어 썼다는 기록이 있을 뿐 종이를 언제 만들었는지는 정확지 않다.

한방에서도 닥나무 열매는 양기 부족, 수종의 치료제로 쓰인다. 어린잎은 나물로 무쳐 먹기도 했으며 나무껍질은 저포(楮布)라는 베를 짰다. 특히 닥나무 섬유조직은 그물처럼 촘촘하여 충격에 강하고 질기며 색깔이 아름다워 조선 시대에는 한지를 여러 겹 붙여 갑옷을 만들었는데 화살도 뚫지 못하였다고 한다.

닥나무의 꽃말은 '당신에게 부를 드려요'라고 한다. 돈과 재물을 가져다주는 귀목 닥종이로 돈을 만들어 써서 그러한 꽃말이 붙지 않았나 싶다.

문을 떼어낸다. 문에 붙은 묵은 창호지를 떼어내고 새

로운 것으로 붙이는 작업은 아침부터 시작하면 저녁이 되어서야 끝이 났다.

한지로 문을 바르려면 화단에서 맨드라미 잎과 코스모스 꽃잎 그리고 단풍나무 잎을 따다 손잡이가 닿는 옆으로 배치를 하고 그 위에 한지를 오려 덧붙인다. 한지가 마르면서 뽀얗게 마른 순지에 꽃잎과 단풍잎 빛깔이 엷고 희미하게 드러났다. 은은함은 일 년 내내 우리 가족의 추억이 되었다. 농사일과 아이들 키우는 것이 전부였던 그래서 무미건조했던 생활에서 문 바르는 일은 즐거운 연중행사였다.

나는 바람에 흔들리는 나뭇가지가 창호지 문에 그림자가 드리우는 시간을 좋아했다. 창호지 문은 어린 시절 동화 속 같은 상상의 세계가 펼쳐지던 곳이기도 하다.

그곳에는 독수리도 날아다니고 달나라의 토끼도 방아를 찧었으며, 투견을 하던 개가 등장하기도 했었다.

보름달이 유난히도 밝았던 날에도 우리 집 문 창호지에

는 가족들 그림자들이 법석구니였다. 겨울밤은 길다. 일찍 저녁을 먹고 나면 아홉 시 정도면 속이 출출해진다. 그럴 때면 가을걷이로 저장해 두었던 고구마를 찌고 얼음이 동동 띄워진 동치미를 내오는 커다란 그림자가 예쁜 꽃잎들과 함께 방으로 들어왔다. 뜨뜻한 아랫목에 배를 깔고 누웠다가 그림자가 작아지면 깔깔거리는 웃음소리가 창호지 밖으로 울려 퍼지던 작은 그림자들이 있던 겨울밤이 그립다.

그린에세이 Vol.44. 2021. 3·4.

남편은 두고 와도 자식은 데리고 가야지

바쁜 일상이 생각을 정지시켜 놓는다. 만나는 이가 줄어들고 책을 보는 시간도 줄어드니 그냥 하루를 보내는 것이다. 지친 밤이 되면 허기진 공간을 채우려 하지만 이내 채워버리는 졸음. 하루는 그렇게 지나 하루하루를 채워가고 있었다.

세상이 어떻게 흘러가고 있는지 간접적으로 알아보는

것으로는 텔레비전만 한 게 없다.

우리나라가 분단의 슬픔을 겪은 지 70여 년이 되어가고 있다.

친정어머니께서는 1945년생이시다. 그래서인지 역사 시간에도 광복해와 6.25해를 외우기가 쉬웠던지도 모른다. 역사는 잊히면 안 되는데 요즘 아이들은 그 아픈 역사를 모른다.

기념일을 시험에 나오는 것처럼 줄줄 외웠던 우리 세대와는 너무도 다른 혜택 받은 아이들. 물론 그런 아픔을 다시는 겪으면 안 되겠지만 그래도 그런 분들이 있었기에 윤택한 오늘을 보내고 있다는 감사함을 알려주고 싶은 바람은 있다.

삼만여 명이라는 탈북자들이 남한에 들어와 살고 있다. 정부는 통일을 준비하는 단계로 탈북한 사람들에게 북한의 실상을 TV 프로그램으로 제작하여 방영 중이다. 자주는 보지 못하지만, 시간이 날 때면 몰아서라도 챙겨 보는 프로그램이다.

탈북하면서 겪는 탈북민의 애기를 듣노라면 또 다른 세상이 존재한다는 것에 놀라움을 금치 못한다. 그래도 북한 사람들의 정서 속에 녹아있는 한민족만의 특유한 정을 가지고 있다는 것이 같은 민족이라는 것을 느끼게 해 준다.

그중에 한 가족의 탈북 이야기가 참 재미있었다.

사상이 투철한 남편 몰래 자식들이랑 탈북을 준비했던 어느 여자분의 사연이었다.

왜 남편은 두고 오려고 했습니까?

남편이 당에 밀고하면 우리가 위태로워지니 몰래 한 거지요. 그리고 살아가면서 남편은 별 필요가 없는데 자식은 제가 책임져야 하는 거니 자식만 데려오려고 했지요.

옆에 앉아있던 남편은 오늘 이 사실을 안 것처럼 황당한 표정을 지었고 사람들은 크게 한번 웃었던 에피소드였다.

만약에 나였다면 어땠을까?

나도 아이들만 데리고 탈북했을 것 같다고 생각해 본다.

조선 후기로 가보자.

여자들은 글을 배워서는 안 되고 부엌일이나 바느질 이러한 노동자만 존재하게 하는 남자들 세상을 만들어 버린 유교 사상이 교육을 평등하게 받는 현재에도 은연중에 남아 있다는 사실이 여자들을 불행하게 만들기도 한다.

그래서 혹자는 웨딩드레스를 드레스로 입지 말고 일복을 입고 결혼식을 해야 한다며 진심 담긴 농담을 한 적이 있었다.

물론 남자들도 가족을 위해 바깥일을 하며 고생하는 것을 모르는 바는 아니다. 그러나 맞벌이 하는 가정에서도 종종 육아와 가사를 여자가 독박하는 경우가 있다.

북한은 남한보다 더하면 더했지, 좋았을 리가 없을 것이다.

이브가 뱀의 꼬임에 넘어가 먹었던 사과가 여자들에게 출산의 고통을 갖게 했다고 한다. 그런데 사과는 출산의 고통만이 아닌 육체의 힘마저 가져가 버린 것 같다.

이런 것들은 힘으로만 세상을 가지고 싶었던 남자들의 이기심이다. 그러한 남자들의 어머니도 여자다. 이러한 모순을 어떻게 풀어갈지 난 요즘 세대들에게 기대를 걸어본다.

아이가 아프면 작은아이를 업고 큰아이는 걸려서 소아과엘 가게 된다. 병원에 가는 길인데도 챙겨야 할 것이 많아 정신없이 다녀온다. 돌아와서도 휴식이라는 것은 꿈에도 가져 볼 수 없는 것이 집안일이 기다리고 있기 때문이다. 엄마로 주부로만 남아 나라는 존재는 희미해진 것이다.

그런데 요즘 병원엘 가보면 아빠가 아이를 데리고 오는 것을 심심찮게 볼 수 있다. 맞벌이하니 육아도 같이하는 것이다.

다른 시대를 산 어르신들이 보시면 쯧쯧 혀를 차실 일이겠지만 현명하게 잘 살아가고 있는 젊은 세대가 부럽기도 하다.

향수(鄕愁)

　오랜만에 친구와 호수1010에 앉아있다. 그곳은 충주댐 언저리 중 경치가 볼만한 곳에 위치한 커피숍이다.

　충주호는 날씨가 흐려서 좋고, 봄이면 꽃눈이 바람에 날려서 좋고, 비 오는 날에는 깨끗해서 좋았다. 사계절이 아름다운 곳이지만 겨울에는 차가 올라가기가 힘들어 찾지 않는다.

　지금 나는 스물두 살에 시집간 친구의 얼굴을 바라보고

있다. 스물두 살에 시집을 갔다고 생각하니 속으로 웃음이 나왔다.

늦둥이 아들을 가진 노부부는 당신들이 먼저 세상을 떠나면 홀로 남을 아들을 위해 일찍 결혼을 시키고 싶어서 스물두 살의 대학교도 졸업하지 않은 새댁을 며느리로 맞아들였다 한다.

살아가다 보면 늘 좋을 수만 없는 것이 삶이라며 입버릇처럼 어머니는 말씀하셨다. 그녀도 어지러운 청춘의 무게에서 벗어나고 싶었던 시절이었다고 한다. 혈기 왕성한 두 청춘남녀의 결혼 생활도 결코 쉽지 않은데 노부부의 건강이 좋지 않아 병 수발을 도맡아 해야 했던 어린 신부의 고단함이 선천적으로 몸이 약한 그녀에게 병을 안겨주었다 한다.

간이 좋지 않아 고생한 끝에 온 그녀의 시력 저하. 의사는 앞을 영영 볼 수 없는 상태까지 올 수 있다고 경고를 했더란다. 담담한 성격의 그녀는 순리인 양 받아들이고 이십여 년을 잘 버티고 있다고 한다. 약을 먹지 않으면 견딜 수 없다는 말이 귓가를 맴돌며 동상이몽의 꿈을 꾸듯 아름다운 충주호를 바라보았다.

나에게도 스물두 살의 청춘이 있었다. 남해가 고향인 친구를 알게 되었다. 늘 바닷냄새를 풍기고 다니며 방황했던 친구는 스무 살 시절의 어록을 선명하게 남겨 준 친구이기도 하다.

"내가 충주에서 견딜 수 있었던 건 이곳이 강이 있어서야 바다의 짠내가 눈물 나도록 그리운 날에는 충주호를 바라보며 향수를 달래곤 했지" 그렇게 향수병에 걸려 방황하던 친구는 고향 친구와 결혼해서 충주에 안주하게 되었다.

짠바다 냄새를 어찌나 풍기며 힘든 청춘을 보내는 양수선을 떨었는데 결혼 생활도 청춘처럼 힘이 들어 보였다.

첫째 딸아이가 선천적으로 다리 탈골로 태어나면서 친구는 마음을 잡지 못해 술에 취한 날이 많았다고 한다. 남자 나이 스물일곱에 겪어야 하는 시련이 그를 많이 힘들게 했을 것이다. 현실 도피로 술기운에 사는 것 같았다. 난 그 친구가 안타까웠다. 그렇지만 딱히 내가 해 줄 수 있는 일도 없었다. 딸아이가 세 살 무렵 다리에 교정기를 끼고 걷는다며 걱정을 내려놓는다는 말을 전해 왔을 때 참 다행이다 싶었다.

그리고 연락이 끊기고 다시 만난 그에게 딸아이의 근황을 물을 수가 없었다. 짊어지고 가야 할 십자가인 것 같아, 마음 아파할까 봐. 시간은 많은 것을 변화하게 하듯이 성격도 많이 의연해지고 밝아 보여 좋았다. 먼저 딸아이의 얘기를 꺼낸 건 그였다. 공부를 곧잘 해서 기대를 많이 하고 있다고 하며 쓸쓸한 웃음 속에 숨어 있는 그의 말하지 못하는 그늘이 느껴졌다.

"요즘도 충주호 가는 거 좋아하나?"

"아니 바다가 그리우면 아들과 바다낚시를 가 동행해 주는 녀석이 기특하고 고맙지."

아버지의 등을 보고 자란 아들은 사춘기가 지나가면 아버지를 이해하게 된다고 하더니 든든한 친구가 생겨 좋겠다며 너스레를 떨었다.

마흔이 훌쩍 넘은 친구의 눈가에 주름이 호된 인생의 대가라는 생각을 했다. 나에게 나이를 먹는다는 것은 사소한 것에 화를 내지 않는 것, 다른 사람을 이해할 수 있는 아량이 생긴다는 거, 큰일에도 담담해질 수 있다는 거. 친구도 나도 그렇게 늙어가고 있었다.

이십 대에 어울리던 친구들이랑 여행하며 즐거웠는데 그 친구도 그때의 생각이 나는지 바다 한번 보러 가자고 툭 한마디 던졌다.

순간 모든 것을 다 버리고 떠나고 싶다는 생각이 들었다. 십여 년의 시간 속에 나라는 존재를 까맣게 잊고 지내고 있었다. 시댁, 아이들, 집안일 그동안 한 것이라곤 아무리 해도 표나지 않는, 안 하면 표가 많이 나는 그런 것뿐이었다.

학교를 졸업하고 시작된 나의 타향. 무미건조한 도시 생활은 풍부한 볼거리와 자유 속의 외로움이었다. 타향에서 느끼는 고향의 애잔함이란 눈물 그 자체였다. 부모님이 계시는 곳, 유년 시절을 함께 보낸 동무들이 아직도 고무줄놀이하며 어서 오라고 손짓하는 곳이다. 친구가 느꼈던 것을 나도 느꼈기 때문에 그 친구를 더욱 이해하는지도 모르겠다.

결혼 생활이 힘겨울 때마다 충주호를 드라이브 한다. 충주호는 변덕스러운 자연이 색깔을 바꿀 때마다 자연을 품으며 보조를 맞출 뿐 고요하다. 그래서 이곳이 좋다. 변덕스러운 마음에서의 갈등과 슬픈 이야기를 모두 들어주고 품어주는 것 같아서. 호수를 바라보며 에너지를 얻어 다시 현실로 돌아온다. 그리고 그 기운으로 버틴다.

그날 마흔이 훌쩍 넘은 나와 그녀는 반나절 동안 많은 이야기를 주고받았다. 멀리 밀양에서 온 그녀에게 충주에 대해 많은 이야기를 해 주었다. 그래도 고마운 것은 앓고 있는 지병이 좋아지고 있다는 것이다.

과거에 남편이 중국 베이징으로 발령이 나 몇 년을 살다 왔는데 그곳의 환경이 좋지 않아 병이 깊어져 고통의 나날을 타국에서 보내야 했으니, 외로움을 이겨내려고 안간힘을 썼을 것이다. 충주는 공기가 좋고 산수가 아름다워 요양하기에 좋다며 환하게 웃는다.

겨울에 스물두 살의 새댁의 청춘 이야기와 서른두 살 새댁의 청춘 이야기가 한참 동안 어울려 웃음꽃을 피웠다.

제우스를 사랑한 비너스

가슴 시리도록 추웠던 겨울.

앞이 보이지 않을 만큼 함박눈이 내리는 날이었다.

"딩동"

초인종 소리가 울렸고 문을 열었을 때 찬 기운의 향이가 내 집으로 들어왔다.

향이의 얼굴은 밤새 한숨도 자지 못하고 울었는지 눈이 퉁퉁 부어 있었다.

말없이 소파에 가만히 앉았다. 커피를 끓여 그녀의 손에 쥐여 주었다. 커피향이 집안을 가득 채웠다. 한 모금 한 모금 목으로 넘어가는 소리만이 적막한 공간을 깨우고 있다. 함박눈이 내리는 날 창밖을 바라보며 마시는 커피가 좋아야 하는데 왠지 쓸쓸하다. 속내를 내비치는 것을 싫어하는 자존심 강한 그녀의 성격. 입을 떼기까지는 30여 분의 시간이 지나서였다.

"배고파 밥 좀 줘."

이것은 어느 정도 마음의 정리가 된 상태라는 그녀의 신호다. 사귀던 남자친구가 다른 사랑이 생겨 떠나가게 된 것이다. 드라마나 영화에서 늘 보아오던 다른 사랑을 찾아 떠나는 연인들. 식상했는데 향이에게 스며든 이 슬픔에 가슴이 아팠다.

스트레스로 윤기 나던 머리카락이 지푸라기처럼 푸석푸석했고, 맑기만 하던 피부는 핏기라고는 찾아볼 수 없게 창백해 보였다.

잊어야 하는 추억을 안고 산다는 것은 잔인한 고문이

다. 잔인한 고문에 시달리며 지옥이었을 나날 속에 이성을 조금씩 찾아갈 때쯤 향이는 제우스를 만나게 된다. 제우스는 훤칠한 키에 잘생긴 외모에 좋은 매너를 가진 사람이었다. 뭇 여자들의 이상형. 몇 달 사귀지 않은 듯한데 향이는 결혼을 한다며 선전포고를 해왔다. 상처받은 마음을 제우스에게 치료받고 싶은 마음에서였을까? 가난한 제우스가 뭐가 좋다고 그러는지 속상했지만, 그녀의 결정이니 축복해 주는 수밖에 없었다.

행복하기만을 바랐던 그녀의 인생에 반전이 된 사건 허니문 베이비에서 시작되었다. 처음부터 넉넉하지 못해 맞벌이해야 하는 현실. 늦게 아이 갖자던 부부. 아이 소식은 뻥 뚫린 고속도로를 외면하고 편도 1차선 국도를 굽이굽이 돌아서 가는 길을 선택하게 했다.

녹록하지 않은 신혼.

'제 버릇 개 못 준다'라는 속담처럼 만인의 연인이 되어 방탕한 생활을 시작하게 되었고 삼칠일의 산후조리를 끝으로 향이는 둘이 된 혼자가 되어 버렸다.

연락은 뜸해졌고 다른 친구로부터 원룸에서 혼자 아이를 키운다는 소식만 전해 들었다. 제우스의 아이가 세 살쯤 되었을 때였던가.

그녀가 아이를 업고 집으로 찾아왔다.

제우스의 아들답게 잘 생겼다. 밥을 먹으며 그간 있었던 많은 이야기를 들었다.

아이가 어려 지금은 향이가 키우지만, 양육권이 아빠에게 있어 더 이상 아이를 키울 수 없게 된다는 현실 앞에 무표정한 얼굴 그리고 슬픔에 가슴이 저미던 순간.

법은 항상 강자의 편이었다.

아이와 아픈 이별을 한 향이는 앞만 보며 열심히 생활했다. 작은 아파트를 분양받아 홀로 된 친정어머니와 생활을 하고 있었다. 가끔 농사지은 과일을 가지고 가면 좋아하셨는데 위암이 발병하여 두 번째 수술하시던 중 소생하지 못하고 그녀를 홀로 남겨두고 떠나버리신 친정어머니. 다시 혼자가 되어 버렸다.

품을 수 없는 가슴 아픈 아들아이를 볼 때마다 눈물 흘리는 향이에게 대학교 때의 첫사랑이 다가온다. 그녀를 기다리기라도 한 듯 그는 미혼인데도 당당히 아내로 맞이했다. 결혼식 날 향이는 그리스신화에서 빠져나온 비너스 같았다.

내가 본 신부 중에 가장 아름다웠던 향이.

제우스 아들의 빈자리를 채워 줄 아들이 생겼고 웃을 일이 많아진 그녀. 구름 낀 날 옆모습이 쓸쓸해 보이기는 하지만 그래도 내가 본 중에 가장 행복한 나날을 보내고 있다.

함박눈이 내렸다.

난 더 이상 쓸쓸하게 눈이 내린다고 말하지 않는다.

장마

두 마리 수컷 고양이가

목숨이라도 내놓을 듯이

온 동네를 공포에 몰아넣으며

한 마리 암컷을 차지하기 위해

치열했던 밤

세월

시간이 약봉지가 되어
냉장고에 매달려 있다

아침
점심 그리고 저녁

육체가 늙고 병들어
기억을 모두 잊게 한 것이다

의지할 곳은
오로지
냉장고에 붙은 약봉지

잃어버린 시간

헤어진 사랑은

그 계절이 다시 돌아오니

아련한 추억으로

나에게로 오더라

사진 : 도현숙

넷째

마당

긴 긴 겨울방학

몇 해 동안 날씨 변화가 일어나기 시작했다. 이상기온이다. 35℃의 폭염이 되던 해에는 전력난으로 절약을 강조하더니, 장마가 50일 이상이 되던 해도 있었다.

그리고 전염병.

코로나19가 중국 우한을 시작으로 순식간에 세계 여러 곳으로 퍼졌다. 살아오면서 내가 겪은 전염병은 결핵, 메르스, 독감 그리고 코로나이다.

과거에는 전염병이 세계적으로 돌려면 길게는 10년 짧게는 6개월인데 반해 코로나는 순식간에 세계로 뻗어나갔다. 비행기의 힘이다.

겨울방학이 시작되었다. 아이들을 데리고 여행하는 것을 좋아하는 나는 여행계획을 세웠다 취소하기를 반복하면서 금방 지나갈 것으로 생각했다. 방학이 끝이 났는데도 여전히 아이들이 집에 있다.

방학은 엄마들에게 보이지 않는 뿔을 보여 주는 고된 하루들이다.

그런데 방학도 아닌데 많은 시간을 함께 보내야만 한다는 것은 아이들에게도 엄마에게도 큰 고충이다.

하루가 다르게 늘어나는 코로나 환자 수치가 큰 수치로 바뀌어 가고 있었다. 유럽에서는 동양인이 전파한 전염병이라며 교포들을 때리고 괴롭히는 일마저 벌어지게 되었다.

정부는 해외교포들을 고국으로 돌아오게 했으며 비행

기 길이 끊겨 올 수 없는 나라에는 전용기를 띄워서라도 데리고 오는 장면들이 연신 TV에서 방영되었다. 가슴이 뭉클한 순간이었다.

선진국인 모국을 둔 외국인들이 받았던 혜택을 이제는 우리 국민도 받는 것이다. 우리나라도 이제는 선진국이 된 것이다.

새 학기가 되면서 아이들은 학교에 가지 못하고 드라이브 스루로 교과서를 받았고 집에서 온라인 수업이 이루어졌다. 일하는 나는 점심시간이 되면 아이들에게 밥을 주기 위해 집으로 다시 와야 했으며, 장도 평상시 보다 두 배나 봐야 했고 요리하는 시간도 몇 시간이나 늘어났다. 새벽부터 시작된 하루가 좀처럼 끝나지 않았다.

마스크와 함께 보낸 일 년이 지나가고 있을 때쯤 나에게는 가슴 아픈 일이 벌어졌다. 아직도 해맑게 웃던 아이 모습이 뇌리에서 떠나지 않는다. 내가 가르치는 아이 중에 엄마가 다니는 회사에 코로나 확진자가 나왔다.

집단감염이다. 검사받은 다음 날 아이 할머니가 전화를
해서 상황을 알려 주었다. 나는 수업하던 아이들을 보호
차원에서 집으로 돌려보냈다. 머릿속이 하얘져 왔지만,
이성적으로 생각하려고 애쓰는 나를 발견할 수 있었다.
다음날 교육청에서 전화가 왔다. 나는 보건소로 아이들의
상태를 살피기 위해 전화를 계속했다. 다행히도 8살 아이
는 음성 그런데 동생은 미결정이 나왔다.

그 일이 터진 지 3일째.
음성과 양성이 나온 가족이 분리해서 생활하게 되었는
데 7살 동생은 미결정이라 양성이 나온 가족과 같이 생활
하고 있었다.
재검을 받고 결과가 나오는 날이다. 잠도 못 잔 상태인
나는 수화기를 들어 다시 할머니께 확인한 결과 양성이
나와 보건소에서 아이를 데리고 갔다고 한다.
한 달 보름이 지나고 아이들이 공부하러 왔다 가슴에서
울컥 울음이 솟구쳤다. 아이들을 안으며 "많이 아팠지?"

라고 물었다. 아이의 눈빛에서 예전과는 다른 것을 느낄 수 있었다.

"아니요. 하나도 아프지 않았어요."

어쩌면 코로나라는 전염병은 몸의 통증보다는 사람들의 시선의 통증이 더 아프게 하는 것이 아닐까 하는 생각이 들었다. 차츰 안정을 찾아가는 아이를 바라보며 할머니랑 전화 통화를 했다. 자신은 확진자가 아니었지만 그래도 가족이다 보니 사람들이 어떤 시선으로 바라볼지가 가장 두려웠다며 아이들을 보듬어 주어 고맙다는 인사를 전해 왔다.

일사천리로 도와준 엄마들 덕분에 일이 마무리가 빨리 이루어졌으며 오늘 검사하면 다음 날 8시쯤 통보를 해주는 우리나라 의료진 속도에 감탄하며 감사했다.

만일 검사 결과가 늦었더라면 기다리는 시간이 공포에 떠는 지옥과 같았을 것이기 때문이다.

그리운 얼굴

　해가 지는 것도 모르고 놀다 보면 어느덧 엄마께서 나를 찾아 동네 한 바퀴를 돌고 운동장으로 오셔서는 머리를 콩 한 대 쥐어박으며 핀잔을 주셨다. 그러면 집에 가지 말고 더 놀다 가라고 잡는 은행나무에게 내일을 기약하고 돌아가곤 했었던 모교 벤치에 앉아본다. 그렇게도 무덥던 여름이 지나가고 적보산으로부터 가을이 내려오고 있었다. 고무줄을 은행나무에 묶어 놀이하곤 하던 나무는 사회성 밝은 아이처럼 산에 어울리는 단풍으로 옷을 갈아입는 중이다. 동무들도 하나둘씩 나란히 앉아 수다를 떨고 있다. 육상부 선생님의 호루라기 소리가 저만치서 들리고 운동장이 이내 시끌벅적해진다.

우리 학년에서 키가 두 번째로 크던 나는 달리기를 무척이나 잘했다. 4학년 때는 시 대표선수가 되어 동무들과 일 년 동안 떨어져 충주에 있는 교현초등학교를 다닌 적이 있었다. 연습만 만날 시키기 그랬는지 나는 4학년 4반에 배정이 되었다.

반 친구들과 선생님은 다행히 나에게 잘 대해 주셨고 난 그럭저럭 적응하고 있었다. 그리고 가슴이 발달한 중학교 언니와 멋진 어른처럼 느껴졌던 중학교 오빠들과의 합숙 훈련도 재미있었다.

자고 일어나면 나무들이 변해 있었다. 연두색 새싹이 어느덧 진초록으로 변하여 나무 그늘에 앉아있으면 송충이가 떨어지면서 바닥을 기어 다녔다. 그러면 짓궂은 오빠들은 여자들 놀리는 재미로 털이 숭숭 나고 징그럽기

짝이 없는 송충이를 던지며 깔깔거리고 있었다. 웃음이 떠나지 않던 운동장에 가을이 왔다. 여름 내내 훈련으로 검게 그을린 우리는 얼마 남지 않은 충북시대항전에 서로 말없이 열중하고 있었다. 드디어 대회가 개최되고 릴레이 계주선수였던 나는 순서를 오래 기다려야 했다. 기다림은 어린 나의 가슴을 두근거리게 했고 손에는 땀이 흥건하게 잡혔다. 내 차례가 되었다. 체육복을 벗고 유니폼으로 갈아입으며 바통이 나에게로 오기를 기다리는 순간도 눈앞이 아찔했다. 바통을 잡고 코너를 돌면서 나는 내 발에 발이 걸리면서 넘어지고 말았다. 초록색의 트랙이 한없이 길어 보였고 스파이크에 찢겨 피가 나는 다리를 그저 바라만 보고 있었다.

우리 팀은 낙오자가 되었고 나를 포함한 언니들은 모두 껴안고 울었다. 담당 선생님은 속상하신지 우리를 원망스러운 눈초리로 바라보면서 자리를 떠났다. 내 생애의 처음으로 좌절을 맛보게 되는 순간이었다.

숙소로 돌아왔을 때 같은 학교 탁구부는 우승해서 친히

모교에서 차를 빌려 금의환향을 하였다는 말과 너를 기다리다가 갔다는 말만 남기고 떠나버렸다. 내가 우승을 했다면 나를 그냥 두고 가 버렸을까? 어린 내가 가질 수 있는 마음의 상처는 중요하지 않은 어른들의 이기적인 마음이 지금도 어쩌면 트라우마로 남아 이 계절이 오면 쓸쓸한지도 모르겠다.

그래도 그리운 사람 한 분이 있다. '얼굴'이라는 노래를 자주 부르던 담임선생님이시자 육상부 담당이셨던 선생님.

동그라미 그리려다 무심코 그린 얼굴

내 마음 따라 피어나던 하얀 그때 꿈을

풀잎에 연 이슬처럼 빛나던 눈동자

동그랗게 동그랗게 맴돌다가는 얼굴

　　－ '얼굴' (심수봉 작사, 신귀복 작곡) 중에서

그때는 어려서 잘 몰랐다. 내가 선생님 나이 되어 보니 알 것 같다, 잊고 살아야 했던 그리운 사람에 대한 노래였다는 것을.

가을 교정은 참 좋다. 제자들이 내 어린 시절처럼 뛰어놀고 있다. 그리고 내 귀에는 선생님의 그 노래가 들리는 듯하다. 그리운 사람들 얼굴과 함께.

2018. 10. 24.

마누라

한 달에 한 번 반가운 사람들과 소통 할 수 있는 모임을 한다. 자주 보지 못하는 시간 동안 하고 싶은 얘기를 재워 두기라도 한 듯 쉴 새 없이 떠들어댄다.

말이 많지 않다던 옆 테이블의 남자들 또한 같은 처지 인지 만만치 않아 보인다. 정말 테이블만 다르지, 같은 모 임 수준. 식당은 이내 호떡집에 불난 것처럼 어수선해진 다. 주인장이 틀어 놓은 음악은 전화벨 소리도 구별이 되지 않을 정도로 시끄러웠다. 진동으로 해 놓은 핸드폰을 용케도 받는 사내가 있다. 술이 얼큰하게 올랐는지 큰 소리로 전화를 받기 시작하더니 거들먹거리며 "우리 마누라야"라고 말한다.

가끔 선배나 동기들을 만날 기회가 있다. 자주 보지 못하니 화두가 늘 가족이다. 남자 동창들은 자기 부인을 마누라는 호칭을 쓰며 말하기를 좋아한다.

한번은 술을 먹고 12시를 넘겨 집에 들어간 적이 있다한다. 부인이 그런 자기를 괘씸하게 여겨 아파트 문고리를 잠가 버려 들어갈 수 없어 밖에서 벌을 섰다는 이야기를 했다. 그랬더니 한 친구는 자기는 늦게 들어가면 부인이 밖에 나와 자기를 기다리고 있다는 얘기를 하며 주택에 사는데 혹시라도 무슨 일이라도 생기면 어떻게 하냐며 핀잔을 줬다는 아직도 사랑을 많이 받고 있다는 티를 내는 친구도 있었다. 이기적인 남자들은 결혼할 때는 하늘에 별이라도 따다 줄 것처럼 하더니 결혼과 함께 나 아니면 네가 어디서 이렇게 살아 수준.

남자들의 말속에는 자기를 위해서 살아 주기를 바라는 마누라가 있었다. 나이가 들면 사랑은 사라지고 전우애만 남는다고 했던가.

'마누라' 내 귀에는 신경 쓰지 않아도 되는 그런 존재야 라고 말하는 것 같았다. 무엇이 남자를 우월주의에 빠지게 했는지 궁금해지면서 나는 마누라라는 어원을 생각하게 되었다.

원래 마누라는 고려 후기 몽골에서 들어온 말로, 조선 시대에는 '대비마노라'처럼 마마와 같이 쓰이던 극존칭이었다. 따라서 존칭어로서의 '마누라'라는 몽골어가 들어온 최초 시기는 앞서 나온 설명대로 1231년(고려 고종 18년)으로 잡는다.

마누라는 조선 시대 말기에는 세자빈에게 '마노라'라는 존칭을 썼다. '마노라'는 조선 중기에는 '마마'와 별 차이 없이 함께 불리다가 말기에는 '마마'보다 한 급 아래의 칭호로 쓰였다. 그러다가 늙은 부인 또는 아내를, 그나마도 낮춰 일컫는 '마누라'로 전락한 것은 지난 백 년쯤 사이에 생겨 세속화되었다, 당상관(當上官) 벼슬아치에만 쓰이던 '영감'이 '마누라'의 상대어가 된 것도 이 무렵으로 추정된다.

이렇게 극존칭을 부인에게 써 주다니 정말 고맙다.

그러나 시대의 흐름은 많은 것을 바꾸어 놓듯이 말의 어원도 다르게 해석이 되고 있다. 마누라는 이제 중년이 넘은 아내를 허물없이 부르는 말 또는 중년이 넘은 여자를 속되게 이르는 말로 표현이 되고 있다.

그래도 힘든 시절을 옆에서 꿋꿋이 지켜주는 이가 부인인데 마누라의 어원처럼 존중해 주어야 하지 않을까 한다.

겨울이 가고 봄이 오다

　날이 조금씩 어두워지고 있다. 저녁 예불 시간을 알리는 범종을 치기 위해 비구니스님이 당목을 잡으셨다. "찍지 마세요!"라는 앙칼진 외마디 소리와 함께 셔터를 눌렀다가 미안함에 사진을 지웠던 일이 기억이 난다.

　그해 보탑사의 겨울은 포근했다. 아이들과 함께한 여행이어서 의미가 더했을지도 모른다.

　중학교에 다니는 아들이 초등학교하고는 차원이 다른

아이들과의 경쟁을 시작했다.

준비를 탄탄하게 하고 올라온 아이들과의 경쟁에서 이기려면 더욱 열심히 해야 한다는 것을 알고 난 후 느꼈을 마음의 압박감을 생각하니 좀 더 해 주지 못한 것이 미안하다.

요즘 아이들은 초등학교 때 벌써 고등수학을 하고 중학교에 간다.

머리가 좋아진 것이다. 알파벳도 못 떼고 중학교에 입학하여 영어라는 것을 처음 접하는 세대하고는 너무나도 다르게 앞서가고 있다.

노는 것만 좋아하던 시골 소녀인 나. 그걸 어쩜 딸이 똑 닮았는지 놀이터를 유난히도 좋아한다. 그래도 노을이 질 때까지 놀던 시절이 좋았다. 그리고 그립다.

순수한 행복은 중학교를 입학하면서 끝이 났다. 열심히 공부해도 좋은 머리에 뒷바라지까지 아끼지 않는 부모를 둔 친구들을 따라잡기가 힘들다는 것을 상급 학교를 진학하면서 깨달았다.

욕심만 많았던 나는 내 뜻대로 잘 풀리지 않아 방황했다. 채워지지 않는 갈망 때문에 친정어머니께 원망도 많이 했다.

　아프니까 청춘이라고 했던가. 허기를 채우기 위해 내세를 중요시하는 절을 찾아다녔다. 비구니가 되고 싶었던 나는 그녀들의 고뇌는 생각지도 않고 겉으로 비추어지는 고결함이라고 할까? 좋은 것만 보고 싶었다.

　사람들은 자기가 듣고 싶은 것만 듣고, 보고 싶은 것만 보고, 자기 의지대로 생각하고 움직인다는 것이다. 내가 그랬다.

　그녀들을 가까이에서 지켜보니 보통 사람들이었다.

　그녀들은 해탈도 하지 않았으며 평범한 사람들과 다를 바 없는 필부에 지나지 않았다.

　남의 삶은 어느 정도 거리를 두어야 좋아 보인다고 했던가.

　지금에 와서 돌이켜 보면 비구니가 되지 않은 것을 다행이라고 생각한다.

종교는 나약한 인간을 세상살이의 어지러움에서 벗어나게 하는 역할을 하고 있었다.

부처님은 충전기가 되어 살아가는 힘을 내 어깨에 심어 주고 있었다. 행사 때만 겨우 시간 내어 절에 가던 내가 마음이 괴로울 때나 에너지가 방전되었을 때도 가는 걸 보면 어느 사이에 나에게 습관처럼 스며들어 가고 있었다는 것을 말이다.

진천 보탑사는 보련산 자락에 있는 사찰로 1996년 고려 시대 절터로 전해지는 곳에 비구니스님인 지광, 묘순, 능현스님이 창건하였다. 황룡사 9층 목탑을 모델로 3층 목탑으로 지어진 절이다.

나는 3층 난간에 서서 태령산 줄기를 바라보는 것을 좋아한다. 신라 김유신 장군의 태실이 자리하고 있는 그곳. 그리고 수려한 산수. 마음속에 번뇌를 버리고 또 버리고 좋은 기운을 몸속에 가득 채워 난간 한 계단 한 계단을 내디딘다.

마당으로 나오니 달집이 우리를 기다리고 있었다. 종이

에 소원지를 적어 각자 매단다. 올 한해가 달집에 소원지
가 되어 훨훨 타오르고 있었다.

갱년기와 사춘기의 아들, 딸아이는 오빠가 30분에 한
번씩 성격이 바뀐다며 놀리기도 하지만 아직까지 잘 버티
고 있다.

나 또한 우울할 틈도 없이 하루가 지나간다.

어른의 조건

　스물일곱의 엄마를 가진 열 살 민석이를 알게 된 건 작년 이맘때인가보다. 몇 해 전부터 나는 초등학교에서 방과 후로 한국사를 가르치고 있다. 새 학기가 시작되면서 나도 내 아이들도 바빠졌다.

　아이들과의 첫 만남은 설레고 긴장이 된다. 그중에서도 이목구비가 굵직굵직하고 잘생긴 개구쟁이 녀석이 눈에 들어온다. 깔끔한 옷매무새에 서글서글한 눈을 가진 녀석. 한해가 기대되는 하루였다.

모든 역사의 시작은 가족으로부터 시작된다. 약 5,000개의 성씨를 가진 우리나라는 성씨에 얽힌 이야기로 배울 것이 많다.

"우리 할아버지는 노비였데요."라는 노비 가문이 나오면 어떡하나 하는 마음으로 수업을 하기도 한다. 다행히 우리나라는 모두 양반이란다. 갑오개혁 이후 노비들이 성을 갖게 된 것이다.

우리나라 성을 본관으로 나누어 보니 경주로 본관을 둔 김, 이, 배, 손, 박, 최씨 성이 466개, 김해를 본관으로 둔 김씨가 465개, 밀양을 본관으로 둔 박씨가 347개, 전주를 본관으로 둔 이씨가 327개의 성을 쓴다고 한다. "서울에서 김 서방 찾기"라는 속담도 다 여기에서 비롯된 것이리라.

서글서글한 눈을 가진 민석이는 안동 장씨이다. 소수서원의 선비촌에 무리를 지어 살던 안동 장씨들. 그들의 후손인 민석이에게 위대한 가문이라며 늘 애기를 해 준다.

그러나 얼마 지나지 않아 실수하고 있다는 것을 알았다.

"민석아, 너의 부모님도 그렇게 생각하시지?" 민석이가 가까이 오더니 내 귀에 대고 말을 한다. "우리 부모님 이혼했어요." 순간 미안한 마음에 애써 태연한 척했다. 그이후로 민석이는 엄마 이야기를 자주 해 주었다. 나 같으면 다시는 올리지 않을 얘기들을.

민석이 엄마는 스물일곱 살이라고 했다. 민석이가 열 살이니 열일곱에 아이를 낳은 것이다. 어린 나이임에도 불구하고 외면하지 않고 아이를 키운 민석이 엄마가 대견했다.

문득 화요일 아침마다 책 읽기를 하면서 읽어준 베빗 콜의 '따로 따로 행복하게'라는 책 내용이 생각이 났다. 읽어주며 아이들이랑 토론하곤 했었다.

"왜 따로 따로 살게 된 걸까?"

"사랑이 없어져서 그래요. 서로 사랑하는 마음이 없어지면 헤어져 살아야 한대요."

"제가 말을 안 들어서 그래요. 우리 엄마가 말을 잘 들어야 오래오래 같이 사는 거라고 했어요."

작은 아이들 입에서 쏟아져 나오는 말들을 가만히 듣고 있는 나는 순간 슬픈 생각이 들었다. '사랑 없는 부모에게 태어난 것은 너희의 선택이 아닌데…….' 어른들이 만들어 놓은 환경에 약자인 아이들은 노출이 되어 있었다. 무방비 상태로.

이 글은 보통은 어둡고 슬프기 마련인 주제를 경쾌하게 풀어낸 이야기이다.

드미트리어스와 폴라의 엄마 아빠는 한집에 살지 못할 정도로 사이가 나쁘다. 살면 살수록 서로를 점점 더 미워하게 된다. 서로를 너무 미워한 나머지 하루는 아빠가 엄마의 목욕 소금에 시멘트 가루를 섞어 놓고, 엄마는 아빠의 음식에 폭죽을 넣어 아빠를 놀라게 하는 행동을 한다. 먹는 것도, 취미도, 좋아하는 것도 모두가 정반대인 엄마, 아빠 때문에 속상하고 슬픈 아이들. 그래서 학교 게시판에 이런 종이를 붙인다.

'엄마 아빠 때문에 골치 아픈 사람, 오늘 탈의실에 모여'

의외로 탈의실에 모인 아이들은 많았다. 아이들은 좋은 방법을 생각해 냈다. "엄마 아빠의 끝혼식을 여는 거야!" 엄마도 아빠도 폴라와 드미트리어스의 생각에 찬성한다. "왜 진작 그 생각을 못 했을까?" 드미트리어스와 폴라는 끝혼식 준비로 케이크는 물론이고, 많은 사람을 초대한다. 엄마 아빠의 끝혼식은 즐거웠다. 모두가 잘했다며 축하해 주었다.

엄마 아빠는 따로 따로 비행기를 타고 끝혼여행을 떠난다. 함께 살던 집을 허물고 그 자리에 엄마 집, 아빠 집을 지었다. 따로따로.

폴라와 드미트리어스는 두 집 사이를 오가는 비밀통로를 만든다. "우리 엄마 아빠는 지금 아주아주 행복하시데요. 물론 엄마 따로, 아빠 따로, 따로따로요! 저희도 마찬가지고요"

— 베비콜의 '따로따로 행복하게' 중에서

서양은 여러 가족 형태를 자연스럽게 받아들이기 때문에 가능한 것이겠지만 유교사회가 만연한 우리나라 현실은 그렇지 못하다.

한 학기가 지나고 뜨겁게 달구던 모래사장 같은 여름방학이 지나면서 이 학기를 맞이하게 되었다.

아직 더위가 가시지 않은 교실은 후덥지근했고 방학 동안 얼굴이 까맣게 타 오른 아이들은 건강한 모습으로 자리에 앉아있었다. 좀 초췌해 보이며 덜 밝아 보이는 민석이도 거기에 있었다. 수업이 끝나고 나는 전화를 했다.

"민석이 어머니시죠?"

"안녕하세요. 선생님."

"민석이 책값 때문에 전화를 드렸는데요."

"선생님 이제 저한테 전화하시지 마시고 아빠한테 하세요!"

무뚝뚝한 민석이 엄마의 목소리가 수화기 저편에서 들려 왔다. 민석이는 아빠에게로 보내지게 된 것이다. 엄마하고 살 때는 밝고 씩씩했는데 그동안 민석이가 겪어야 했던 일들을 생각하니 어린 나이에 상처가 컸으리라 짐작한다.

다음날 말수도 줄어들고 운동장에서 축구만 하는 아이로 변해 있는 민석이에게 형과 동생이 생겼다는 얘기를 들었다. 그리고 형 옷을 물려 입어 속상하다는 얘기까지.

"나도 어릴 때 언니 옷 물려 입었는데 괜찮아 다 그렇게 크는 거야."

" 맞아 나도 만날 형 옷 물려 입어."

옆에 앉은 규민이도 한마디 거든다. 그제야 민석이는 빙그레 웃었다. 난 민석이를 안아주었다.

어느 날 수업 시간에 민석이가

"선생님, 엄마예요, 엄마가 얼른 나오래요."

"그래, 얼른 나가 봐."

갑자기 걸려온 엄마의 전화에 어둡던 얼굴이 환해지며 달려 나가는 민석이의 등을 바라본다. 무슨 사연인지 몰라도 그전처럼 같이 지내면 좋을 텐데…….

여자 혼자 아이를 키운다는 것이 버거워서 민석이를 아

빠에게로 보내고 힘든 시간을 보내야 했던 그 시간이 어린 나이에 아이를 선택했던 시간만큼이나 힘들었을 것이다.

가끔 엄마를 원망하는 민석이에게 난 아무 말도 해 줄수가 없었다. 부모가 이혼할 수밖에 없었던 사연은 시간이 흘러 어른이 되면 이해할 수 있기 때문이라고 생각해서였다.

페르소나

　자연은 삶이랑 많이 닮았다. 순한 바람이 되기까지 대기는 얼마나 많은 시련을 겪는지를 알리기라도 하듯 변덕스러움이 일주 간격으로 이루어지고 있다. 이러한 날씨에도 불구하고 꽃들은 아랑곳하지 않고 앞다투어 피고 있었다.

　하루가 쌓여 일주일이 되고 일주일이 쌓여 한 달이 되듯이 우리는 어쩌면 하루를 살아가는지도 모른다. 각자 생각이 다르기에 가치를 두는 곳도 다르게 마련이겠지만 말이다.

　시간이 흐르면서 나를 정리하는 시간이 많아진다. 내 안의 나와 내 밖의 나. 사람들은 모두 이중적인 성격을 가지고 산다고 한다. 그도 그렇듯이 내가 생각하는 나와 다른 이들이 생각하는 나는 다를 수 있기 때문이다. 어른이 되어 가면서 나를 숨기는 연습이라도 하는 양 자연스럽게 나를 숨길 수 있는 대단한 능력을 갖출 수 있다.

　나의 나라에서 난 무엇을 위해 살았던가?

　공부가 전부여야 했던 학창 시절, 직장이 전부였던 시절, 결혼과 동시에 얻은 시댁, 내 아이들, 그리고 남편.

　주변을 돌아보니 인간관계가 가족으로 한정 지어져 있다. 그리고 하루를 가족을 위해 모두 다 쓰고 또 써도 모자라지 않은 시간에 가끔은 지친다. 그래도 나의 에너지 원인 아이들에게 내가 할 수 있는 시간이라고 생각하니 또 한 번 기운을 쏟아 본다. 아이들과 얼마 남지 않은 시간을 위해서 말이다.

내 아이들도 이 시간이 지나면 어른이 되어 자신을 찾아 떠나는 길고 긴 여행이 시작될 테니 앞으로 나아가는 원동력을 엄마인 내가 채워 주어야 한다고 생각한다.

그러면서도 나를 저버릴 수가 없다. 사춘기부터였을까? 가슴 저 밑바닥에서 잠자고 있던 녀석이 꿈틀거리며 밖으로 조금씩 나오던 시기가.

누구나 겪는 사춘기는 나를 호되게 강타하면서 내면의 갈등이 심화되기까지 했던 그러한 시간이었다.

그러한 과정을 겪고 지금에 이르러서도 나는 나를 저버릴 수가 없다. 그것이 나라는 존재였다. 이제는 설렘도 없는 나이지만 꿈은 존재한다. 하루가 다르게 변해 가는 사회에 적응도 해야 하는 중년, 가끔 찾아오는 위기는 갱년기다.

나도 모르는 불안이 여러 번 겹친다. 그리고 변덕이 되어 판단을 흐리게도 한다. 성격이 매우 이성적이라고 생각했는데 묵혀 두었던 감성이 툭 튀어나올 때는 스스로

깜짝 놀란다.

나이를 먹는다는 것은 좋다. 다른 사람들을 이해하는 폭도 넓어지고 다른 세계에 들어가도 어색하지 않고 낯도 가리지 않는 뻔뻔스러움도 좋다. 다른 사람이 아닌 나를 사랑하는 법을 오래 연습한 탓에 자존감이 올라간 것이다.

행복이라는 것이 나의 감정선에서 오고 간다. 기준을 정해 놓은 듯 선을 넘지 않으려고 이성과 감성이 신경전을 벌이지만 나의 겉모습은 매우 이성적이다. 잔잔함이다.

이것이 나이 먹는 것이니까.

이지희 에세이

페르소나